# Kaufbeurer Heftchen

**Kurzgeschichten von Ralf Walk**

*Bibliografische Information der Deutschen Nationalbiblio-
thek: Die Deutsche Nationalbibliothek verzeichnet diese
Publikation in der Deutschen Nationalbibliografie; detail-
lierte bibliografische Daten sind im Internet
über <u>dnb.dnb.de</u> abrufbar.*
© 2021 Ralf Walk
Herstellung und Verlag:
BoD – Books on Demand, Norderstedt
ISBN: 978-3-7557-0269-6

# Inhaltsangabe

## Widmung

Für meine Freundin, die mir sehr wichtig ist. Die mir Kraft schenkt. Die für mich da ist. Und die ich mit jedem Buchstaben in meinen Geschichten darum bitte, mich zu heiraten! Danke!

Ich bedanke mich bei der Verwaltung von Wohnen und Fördern in Baden-Württemberg und Bayern für die vergangene gemeinsame Arbeit und Förderung der seelischen Gesundheit.

Ich bedanke mich auch bei allen Bürgerinnen und Bürgern aus Kaufbeuren, die mir herzlich begegnet sind und die mich aufgenommen haben.

Mein Dank gilt ebenfalls allen Leser*innen für ihr Interesse an meinen Storys. Verzeiht mir den einen oder anderen Grammatik- oder Rechtschreibfehler.

Vielen Dank!

Ralf Walk

## <u>Vorwort:</u>

*Für Kinder, die gerne Geschichten vorgelesen bekommen.*

*Oder zum Selbstlesen, da es kurze Kapitel sind. Sehr unterhaltsam mit witzigen und starken Dialogen. Gerne auch für ein wiederholtes Lesen!*

**Mit den Einnahmen vom Buch will ich mir ein neues Tablet und zwei notwendige Prothesen leisten! Als zweifach Schwerbehinderter habe ich es nicht leicht. Zieht mich raus. Macht. Kauft meine Geschichten.**

*Mein Buch ist eine Geschenkidee! Ein schönes nettes Mitbringsel für die geliebte Familie und unterstützende Freunde!*

*Viel Freude beim Lesen!*

**Ralf Walk**

# Gottlieb

# Danke

## Hauptfiguren:

1. Der besonnen gläubige Herr Gottlieb Danke

2. Der überheblich eigenwillige Herbergshost

3. Die anstrengenden tobenden Gastkinder

4. Die liebevolle Mitschülerin

5. Der sittsam traditionelle Alm-Podcast-Moderator

# Kapitel 1

Der junge Gottlieb Danke ist vierzehn Jahre alt. Seine Sommerferien verbringt der neugierige Gottlieb Danke in den Bergen. In diesem Jahr zusammen mit seinen Bekanntschaften und seiner liebevollen, talentierten Mitschülerin. Die gemeinsamen Trekkingferien wurden schon lange im Voraus geplant. So sind alle Teilnehmer während der besonderen Ferientage aufgeschlossen.

Das Taxi haben sie schon vor sieben Kilometern hinter sich zurückgelassen. Vor ihnen steht die mittlerweile sinkende Sonne am Himmel. Neunzehn Uhr! Die Wanderkarte halten sie in der Hand. Sie sind erschöpft vom Wandern. „Wir finden uns zurecht!" „Wie lange noch?" „Der Rucksack ist nur noch schwer und lästig!" „Es dauert bestimmt nicht mehr lange ...!"

Die Ältesten, einerseits unser rauchend herumkommandierende Herbergshost, andererseits der unterhaltsame Almradiomoderator, holten die angereiste Gruppe persönlich am örtlichen Bahnhof ab, um sie bis zur Herberge zu führen.

„Was denkt ihr, welche Regeln sind hier im Moment wichtig?", fragt die anleitende Podcast-Stimme rhetorisch die Gruppe. „Sind wir bereits hungrig? Bitte, wo ist der nächste Kühlschrank?", so der hinweisende Podcast-Moderator in seinem digitalen Beitrag. Aber die Podcast-Stimme hat in mancher Hinsicht damit recht! Und es ist wahr: „Deine nachmittäglich gekühlten Stracciatella-Joghurts sind nicht da!"

„Ohhh!", eine Runde Mitleid von Herrn Gottlieb Danke. Ohhh!" zur Gruppe. „Ja, wir müssen gerade wirklich auf vieles verzichten. Zudem geduldig aushalten!"

Der nette neugierige Gottlieb Danke macht seinem Familiennamen alle Ehre und bedankt sich beim Herrn, dem Schöpfer von Himmel und Erde, mit den Worten: „Danke, dass es uns an so wenig mangelt und dass es uns an nichts fehlt!", spricht Gottlieb Danke zur Gruppe, betrachtet den Tag und berichtet demütig darüber.

Der Podcast-Moderator und unser freundlicher Gottlieb Danke bringen uns alle zum Nachdenken. „Stimmt doch! Wir sind so was von verwöhnt!"

„Andere Orte – andere Gesetze! Warum sind wir wohl zum Wandern losgezogen? Da seht ihr: Wir lernen nun heute an diesem Tag, mit wenig Luxus und Konsum zurechtzukommen und damit zu hantieren! Eine neue Erfahrung für manch einen! Wer würde was um Himmels willen dafür geben, nun eine gekühlte und frische Flasche Limo in den Händen halten zu können?"

„Ich würde meinen Schultaschenrechner in Zahlung geben oder eintauschen für eine volle gekühlte Orangen-Limonade!", klagt seine entkräftete Mitschülerin.

Die Podcast-Stimme spricht: „Ich mache auch mit! Und lasse mich mit Worten ärgern: Wer will, wie ich, jetzt lieber festlegen, dass wir sofort umkehren? Und somit in fünf Minuten im Taxi sitzen können! Dass dann das Taxi uns wieder zurückfährt. In zehn Minuten zurück in unsere gewohnten Kinderzimmer!"

„Ja, wir bereuen unser Vorhaben. Und zweifeln, das Ziel zu erreichen!", hört sich Gottlieb Danke aussprechen. „Ich denke es. Und er spricht es aus", sagt seine liebe Mitschülerin. „Der Kühlschrank-Service zu Hause, wandern und entbehren als Tourist in der Ferne?"

„Das heute werdet ihr irgendwann noch begreifen! Den Sinn einer entbehrungsreichen Unternehmung!", sagt der weise Almradiosprecher aus dem Lautsprecher der Podcast-Sendung. Ich war auch mal so jung und naiv unterwegs! So wie ihr.“

„Alles, was jemand nicht selbst erlebt hat … diese Erlebnisse und Erfahrungen kann sich nicht jeder im selben Gedankenhorizont vorstellen", ergänzt der erfahrene Gottlieb Danke.

„Und es gibt alles das, was es angeblich nicht gibt!", spricht die Stimme vom Radiopodcast. „Glaubt mir, es ist alles möglich in der Wirklichkeit! Selbst die Situationen, die ihr euch nicht vorstellen könnt! Alles kann sich im Leben ereignen! Das sogenannte vorherbestimmte und zufällig buddhistische Schicksal!“

Der demütige Gottlieb Danke denkt sich dabei nur: „Zum Glück bin ich anspruchslos und genügsam! Zudem jung und flexibel.“ Die abendlichen Fußschritte der Gruppe sind beinahe am Ziel. Als sie in Sichtweite die Herbergsunterkunft unten im Tal erblicken: „Wir haben es erreicht!“

„Tun mir die Beine vom Wandern weh.“

## Kapitel 2

In der Herberge lässt der romantische Gottlieb Danke eines nicht mehr aus seinen Augen: das offene Feuer in der Mitte vom Gesellschaftsraum. Er ist begeistert von dem Element! Legt alte verschmutzte Reiseführer und alte ausgemusterte Tageszeitungen aus dem Papiermüll in die Glut zum Anfeuern, bis das Holzfeuer alle zum Wärmen einlädt. Nach der Boyscout-Methode. Beeindruckend, sodass es die nächtliche Sinneswahrnehmung eines jeden voll vereinnahmt!

„Doch auch das Feuermachen will gelernt sein!", so der Tadel von Gottlieb Danke an die Herbergsgäste. „Jetzt habt ihr mich verstanden! Das Feuer gehört in die Feuerstelle! Also keinen Blödsinn und Unsinn damit machen, ihr angelernten Hilfskräfte!", und blickt mahnend in die verzückten Gesichter. „Ich habe gesehen, wie ihr euch beim Essen benehmt. Jetzt verlange ich ein vorbildhaftes Benehmen bei dem offenen Feuer!"

Die tobend ausgelassenen Herbergskinder sind mit dabei. Später zeigen und berichten sie sich gegenseitig Tricks und Kniffe, um die Kälte aus dem Gemeinschaftsraum zu verbannen. Sie erzählen sich gegenseitig von ihrer Anreise.

Und lernen sich gegenseitig näher kennen. Geschafft! Es ist nun Ruhe eingekehrt. Erschöpft vom Trekking legen sie sich in ihre Quartierbetten, um sich von dem Tag auszuruhen. Alle sind gespannt auf die kommenden Ferientage in der Fremde!

## Kapitel 3

*Die Augen auf ...! Der nächste Tag beginnt! Fremdartig und unbekannt. Die Zeit rennt auf dem Ziffernblatt. Sie ist kaum aufzuhalten,* denkt sich der besonnene junge Gottlieb Danke. Er schaut dabei auf die stehen gebliebenen Zeiger auf seiner Armbanduhr. *Was! Wie? Leere Batterie? Uhr ist defekt? Out-of-Order! Das kann nicht sein! Das ist doch nicht wahr? Vor fünf Minuten ist sie noch gelaufen.* Erst hat die Frühstücksuhrzeit den Anschein gehabt, auch zeitlich zu schnell zu verstreichen! Der überhebliche rauchende Herbergshost meinte sogar zu ihm noch: „Zeit ist Geld!" Der nachdenkliche Gottlieb Danke ist wie vor den Kopf gestoßen. Seine neue Uhr. Ohne Funktion! Vielleicht ist Wasser hineingekommen? So etwas Blödes! Dennoch fasst Gottlieb es gelassen auf! *So ein Pech! Oh Mann, oh Mann!*, um nicht zu fluchen.

Der rauchende Herbergshost nimmt sich eine Belohnungspause nach der Anstrengung. Nach der Bewirtung der Frühstücksgesellschaft stehen sie gemeinsam vor ihrem Hausquartier. Die anstrengenden Gastkinder halten sich ringsherum auf. Sie beginnen, bei ihm passiv mitzurauchen! Ohne dies zu wollen. Eine vorbildliche Antwort bleibt der Herbergshost ihnen schuldig und zieht dabei belohnend genüsslich seinen Zigarettenqualm ein!

Der besonnene Gottlieb Danke bemerkt daraufhin: „Ich erspare mir den Qualm-Kick! Die erste Siegerhavanna um acht Uhr morgens! Nein, für mich nicht! Das fühlt sich bestimmt gut an, doch ich lasse was aus!" Ein Belohnungsgefühl nach der defekten Uhr. Dies wäre schön. Doch der gemütliche Gottlieb Danke ist sich im Klaren: „Ich muss nicht immer überall VORNE im Mittelpunkt stehen und dabei sein! Ich halt mich zurück. Danke, nein! Bei mir ist alles in Ordnung! Kein Rauch für mich!"

Seine liebevolle und talentierte Mitschülerin kommentiert: „Ja, das hast du richtig erkannt! Deine Uhr ist stehen geblieben! Vor Schreck!" „Vielleicht vom Stress? Und ich spreche es gerade aus!", sagt Gottlieb Danke. „Die Zeiger blieben vor Entsetzen stehen! Beim Anblick unseres Großen!" „Rauchen? Das dürfen wir nicht als Kinder!", vernehmen sie von der erzieherischen On-air-Podcast-Stimme! „Treffer. Der Podcast hat ja immer einen passenden Spruch drauf", so die Mitschülerin.

Das ist gerade tatsächlich Wirklichkeit! Und schon kann der ordnungsmachende Gottlieb Danke die Uhrzeit nicht mehr kontrollieren! „Warum passiert es nur mir!" Er denkt sich: Treffer!

„Und keiner im Radio oder in der Zeitung hat mich darüber im Voraus informiert! Die Uhr ist nun lediglich Schrott wert. Ohne Batterie unbrauchbar! „Wem gebe ich jetzt die Schuld? Das darf doch nicht wahr sein!"

Der besonnene Gottlieb Danke wäre nicht besonnen, würde auch nicht Gottlieb heißen: Er findet aus diesem Missstand wieder selbst heraus. Und er beruhigt sich wieder von selbst! Seine Emotionen werden fröhlicher ...! ☺!

Da! Es ertönt im nahe stehenden Kofferradio die sittsame traditionelle Almradiostimme und gibt die Uhrzeit zu der stündlichen Nachrichtenzeit durch: „Es ist neun Uhr! Es folgen die Nachrichten aus der Region!"

Nun, meist kommt dann noch etwas auf einen zu. Gottlieb Danke erinnert sich an das Sprichwort: „Wenn es passiert, dann kommen stets drei Sachen zusammen! So als würde noch ein Kunde kurz vor Geschäftsschluss in den Verkaufsraum treten." Wir denken dann alle: Das ist nun wieder mal fünf vor zwölf! Das darf doch alles nicht wahr sein! Der besonnene Gottlieb Danke macht sich nichts daraus! *Bleib cool!* Er macht weiter! Die Uhrzeit hat er ja nun vom Radiosprecher erfahren. Er kennt die genaue Zeit nun und kann wieder seine Tagesstruktur weiter planen. „Super!"

## Kapitel 4

In Gedanken versunken denkt der grübelnde Gottlieb weiter: *Mein Handy ist schon alt!* Und folglich ergänzt er: *So viele Jahre funktioniert ein Handy aber auch nicht!* Er nimmt das Smartphone gerade in die Hand. Er will seine aktuellen Posts im Social Net checken. Doch eine Fehlermeldung poppt auf dem Bildschirm vom Handy auf: „Bitte um Wartung durch den Kundenservice!" *Nein! Also doch kaputt. Mein Handy!* Er würde gerne im Boden versinken!

Verschwörung oder Zufall? *Wenn mir dann der Weih-*
*nachtsmann auch keine Geschenke reserviert hat, dann*
*gehe ich gleich mit Papa zur Arbeit mit! Schule auslassen!*
*Geld verdienen! Autsch, defektes Handy! Das schmerzt!*
*Ufff!*

„Mach ein Weitwurf-Rekordversuch daraus!", sagten
die frech tollenden Herbergsgastkinder zum bedacht be-
herrschten Gottlieb Danke, der freundlich antwortet:
„Heute scheint nicht mein Tag zu sein! Ich könnte etwas Belohnung jetzt auch gut gebrauchen! Uhr defekt! Handy defekt!" In diesem Augenblick steht der rauchende Herbergshost wieder vor dem Gebäude und lässt sich es mit einer
Zigarre gut gehen! „Meine Welt ist heute ein wenig aus den
Fugen! Das wird schon wieder. Das habe ich gelernt vom
Leben", so der nicht überhebliche Gottlieb Danke! Und
bleibt lieber KLEIN!

Er denkt sich: *Ich bin nun so klein, kleiner geht es nicht!*
*Es kann sich doch nicht die ganze Welt gegen mich gerichtet*
*haben? Ich bleibe mir und meiner Freundin treu! Ich komme*
*nicht vom rechten Weg ab. Ich setze aus und lasse was aus!*

*Guck, so ist es richtig.* Als er beginnt, das Handy mit Neu-startbefehl zu starten, bleibt es einfach aus. Keine Bild-schirmanzeige! Nun ist es ein Recycling-Ding ohne digitale Funktionen. Nur noch Schrottwert. Also umgerechnet fünf Euro Guthaben im Handyshop. Dann stimmt es doch: Wenn es kommt, dann ordentlich dicke! Schnief! Und das Handy war so trendy! Olivgrünes Design. *Hoffentlich ist die Sim-Card noch funktionstüchtig ...!*

Seine mitfühlende Mitschülerin fragt sanft: „Fünf Gummi-bärchen?" Er: „Süßes? Ja, geil, her damit!" Schmatz. „Schon besser!", sagt Gottlieb Danke. „Uiii, Gummibärchen ...! Ein kleiner Segen!"

Der süchtig rauchende Herbergshost hat dies mitbekom-men und lacht: „So, da ist dir mein Spott sicher. Kaputtes Handy! Kaputte Armbanduhr!"

Der besonnene Gottlieb Danke meint nur: „Habe jetzt ei-nen neuen Briefbeschwerer – mein altes Handy! *Ein neues Smartphone zum nächsten Geburtstag von meinen fürsorg-lichen Eltern. Ich hoffe, die erinnert sich noch elefantenhaft an ihre Versprechen. Lass das bitte wahr sein! Lasst mich nicht ZURÜCK!* Er zeigt dem Herbergshost seinen vorläufigen Personalausweis! „Oh, so jung bist du noch. Du bist in vier Jahren erwachsen. Nicht schlecht!" Gottlieb Danke erleichtert: „Und das mit dem neuen Handy steht auch noch zwischen den Zeilen auf dem Ausweis! Ich habe bald Geburtstag!" „Das ist wahr!" „Ja, ich habe Glück! Dann habe ich gleich einen Wunsch an meine Familie." „Das hat der qualmende Herbergshost verstanden", sagt die kommentierend liebevolle Mitschülerin zum gelassen gefassten Gottlieb Danke: „Heute ist wohl nicht dein Tag", frei geäußert nach unserem verlautbarenden Herbergshost.

Doch Gottlieb bringt so etwas nicht aus der Ruhe! Zudem macht er sich selbst nicht deswegen fertig. „Angeben kann ich auch! Bin halt KLEIN!", sagt er zu seiner liebevollen Mitschülerin und sie ziehen sich zusammen zurück! „Uff, was für ein Tag! Ufff, was für herausfordernde Schwierigkeiten!"


## Kapitel 5

Als die Kindergruppe mit ein paar weiteren sensationsgierigen Herbergsgastkindern zur nahe gelegenen Bäckerei eilen, um die vorbestellten Vespertüten für die Herberge abzuholen, beginnt es auf halbem Weg, zu regnen. So ein Hundewetter! Warum lässt der liebe Gott es gerade jetzt regnen?

Der organisierte Gottlieb Danke trägt günstige Turnschuhe, die sind schon halb abgelaufen und haben ein Loch in der Sohle. So beginnen die Socken allmählich beim Gang im Regen, nass zu werden. „So, das Loch im Schuh habe ich nun erkannt!"

Als er mit seinen neu gewonnenen Kumpel bei der Bäckerei ankommt, ist die Tür verriegelt. Das Geschäft ist geschlossen! Die freundliche Mitschülerin liest die Notiz an der Tür. Ein angeklebtes Schild auf der Ladentür: „Wegen Familiennachwuchs öffnen wir heute erst um circa 12 Uhr!"

„*Zur* Bäckerei! *Zu* Bäckerei und dann Bäckerei *zu* ...", scherzen die Herbergskinder untereinander. Und albern herum, ohne eine Lösung bereitzuhaben, einen Plan B.

Der besonnene Gottlieb Danke fragt seine Mitschülerin: „Ist heute Freitag, der dreizehnte?" Er blickt pfiffig und forschend drein. Ohne eine Antwort von ihr zu erwarten. Er denkt mit. *Ich bekomme das für die Herberge schon geregelt!*, und läutet dabei die Türklingel beim Nachbarhaus. Das Gebäude neben der Bäckerei.

Als der Nachbar das Klingeln hört, drückt er den Kindern die dreißig bestellten und reservierten Vespertüten sogleich in die Hände. Geschützt vor dem Regen und mit Sorgfalt verpackt liefern sie gemeinsam die Backwarentüten in der Herberge ab! Was den Herbergshost sehr gefreut hat! Und zur allgemeinen guten Laune dient.

Zurück in der Herberge begibt er sich mit seiner fleißigen Mitschülerin direkt nach dem seperaten Duschen und Ankleiden ins jeweilige Bettzimmer ihrer Reisegruppe. „Gottlieb Danke" zieht die Decke bis an das Kinn hoch. Er schlummert wie seine nette Mitschülerin bald ein. Pause und Ausruhen ist nun angesagt.

Er versinkt im Kissen und in seiner Matratze. Bis zur Mittagszeit! Das weissagende Horoskop aus den Zeitschriften will Gottlieb Danke heute nicht mehr seiner stets lernenden Mitschülerin vorlesen! Kurz: Gottlieb Danke hat heute genug von schicksalshaften Sternenkonstellationen! Puuh! Genug von eingetretener Betroffenheit! Das kommt vor und geht auch wieder vorbei!

Gottlieb Danke schläft noch, als seine Mitschülerin nach ihm schaut! Er erwacht. Und blickt ihr entgegen! „Komm, wir langweilen uns heute!" „Ausruhen und Dösen?" „Nein!"

Das kann Gottlieb sich noch nicht am hellen Tag gönnen. Doch die zwei haben nun seit einer Stunde die Gardinen zugezogen, jetzt heißt es wieder: Ranklotzen und nicht dabei kleckern! Eine Stunde Matratzenhorchdienst beendet, und das Freundschaftspaar hört in dem Moment, wie ein Sanitätswagen mit Sirene und Blaulicht auf der Straße vorbeirast. In Richtung Zentrum. „Diese Not ist uns erspart geblieben! Das konnten wir auslassen! Danke!"

„Dem wird nun jetzt schnell geholfen ...! Der Krankenwagen ist bestimmt gleich zur Stelle!" Sie setzen sich zu den anderen an den Mittagstisch. „Okay, wir machen langsam! Sonst kommt noch ein Sanka zu uns!" „So ist richtig sagen", Gottlieb Danke entgegnet seiner Mitschülerin.

Der sittsam traditionelle Almradiomoderator berichtet und lädt ein zum „Spruch und Wort" zum Sonntag: „Achte auf dich selbst! Gib nicht auf! Und bring die Welt zum ..." Und der Herbergshost platzt lauthals herein. Keiner

versteht mehr ein Wort! Die liebevolle, talentierte Mitschülerin flüstert Gottlieb Danke zu: „Mach, Gottlieb, bring
die Welt zum LAUFEN!" Gottlieb wusste, dass er die
nächste Herausforderung schaffen kann. Und zieht sich zurück. „Was denn nun? Kein Mittagessen heute Herr Gottlieb Danke?

„Fasten! Keine Diät!", erwidert Gottlieb wortkräftig. Gottlieb Danke braucht jetzt mal etwas Ruhe. Er will geduldig
sein! Er spricht nun zum übereifrigen Herbergshost, der
ihm einen Vorwurf daraus kristallisieren lässt: „Habe heute
keinen Appetit auf Fleisch! Habe schon wieder meine weitere Ruhephase, die ich mir einfordere! Bitte schüchtere
mich nicht so ein." Und Gottlieb zieht sich zurück.

Die herumtollenden Herbergsgastkinder: „Wer nicht
kommt zur rechten Zeit, der muss nehmen, was übrig
bleibt!" Die angespannte Situation löst sich auf und war
nicht mehr wichtig! In fünf Sekunden erinnert sich bestimmt keiner mehr daran. Der autoritäre Herbergshost hat
sich vom Gespräch mit dem sich bedeckt haltenden Gottlieb Danke abgewandt, der noch zu sich selbst sagt: „Ich
mach alles so richtig! Ich weiß, was mir guttut! Treffer!"

## Kapitel 6

Die sittsam traditionelle Almradiostimme unterbricht das Schnarchen beim Nickerchen vor dem Abendessen! „Die frische Almluft und der erhöhte Luftdruck machen uns körperlich zu schaffen! Der Körper ist noch nicht an die Frische gewöhnt!

Und als Gottlieb Danke aufwacht und sich aufrecht hinsetzen will, stößt er aus Gewohnheit im Hochdoppelbett oben mit seinem Kopf gegen die Zimmerdecke! „Autsch, Ups! Wie peinlich! Aus reiner Gewohnheit!"

„Eine kleine Beule und eine Rötung wird das ergeben! Gemäß meiner Erfahrung!", untersucht die liebevoll umsorgende Mitschülerin! Sie hält ihm einen kalten Lappen, um das Anschwellen zu stoppen. „Jetzt kennst du dich wieder aus! Wir sind KLEIN. Das ist weg, bevor du heiratest." Der sittsame Podcast-Sprecher sagt, als hätte er die kleine Katastrophe an Gottliebs Kopf hellseherisch vorausgesehen, nach den Weltnachrichten die Verkehrsmeldungen. Sie klingen etwas ironisch: „Uns sind keine Staus bekannt! Also hoffe ich, dass niemand zu Schaden kommt! Passt auf euch auf und bleibt gesund!" Der junge Gottlieb Danke steht demnach auf und macht Autofahrgeräusche mit ihr nach; begibt sich mit seiner einfühlsamen Mitschülerin in das Gemeinschaftsbad: „Brumm brumm …"     „Bremsen!" „Quietsch …" Sie stoppen vor dem Waschbecken und erfrischen sich nach dem kurzen Nickerchen mit einer warmen Dusche und Zähneputzen. „Zusammen auf zum nächsten Abenteuer!"

### Kapitel 7

Der überheblich rauchende Herbergshost spielt sich auf. Er macht sich wichtiger als unser amtierender Bundeskanzler. Er hat vergessen, wie KLEIN wir vor Gott, dem Herrn, sind! So KLEIN, wie Gottlieb und seine Mitschülerin sind! „So ein erwachsenes Benehmen. Als wäre er nie Kind gewesen. Als hätte er gerade in einem nahe angrenzenden Gebäude fünf Busgruppen mit Mittagessen versorgt. Dazu einer Frau mit ihren fünf Babys ausgeholfen. Neue Trekkingschuhe besorgt und zudem selbst bezahlt!", flüstert der redselige Gottlieb Danke seiner unterhaltenden Mitschülerin und den interessierten Herbergsgastkindern zu.

„Ja, und der Herbergshost muss seine Gemütshaltung selbst in Balance halten. Zusammengefasst: Hoffentlich kippt er nicht gleich aus den Schuhen und verliert dabei an Bodenhaftung! Unausgeglichener Kauz, der Herbergshost!" Meist gibt es in einer Gruppe immer jemanden, mit dem man nicht auskommt. Da hilft der Glaube an Gott! „Stör dich nicht weiter daran! Such keinen Streit. Aber lass auch das Gespräch nicht verstummen! Das schaffst du! Bin mir sicher! Denn vor Gott sind wir gleich. Darum bin ich stets lieb, brav und nett!

„Der Ansatz zur Arbeit des Herbergshost und die Anforderung an eine Arbeitsaufgabe sind richtig! Arbeit machen! Das ist gut und lobenswert! Gar fleißig und sinnvoll! Und soll gut entlohnt werden!", so der besonnene Gottlieb Danke. „Sag das nicht so laut, sonst denkt der rauchende Herbergshost, er sei mit dem Lob gemeint! Und er beginnt prompt wieder, zu rauchen!" „Ja, und wenn er bemerkt, dass er keine Zigarren mehr in der Tasche hat, dann möchte ich nicht seinen Gefühlsausbruch miterleben wollen!", meint der einfühlsame Gottlieb Danke zu seiner sanftmütigen Mitschülerin. „Der kann von deiner Gelassenheit noch lernen!", ergänzt Gottlieb. „Schaut, liebe Kumpel! Das Essen steht auf dem Tisch! Das ist die Belohnung für unsere getane Arbeit! Mission complete! Relax, Ami! Guten Appetit." Sie hören es beim Herbergshost heraus. Die Gäste, die mit dem rauchenden Herbergshost Zeit verbringen. Sie reden und lassen die Worte herauskristallisieren: „Ich bin hier als Host nicht mehr glücklich! Ich ärgere mich den ganzen arbeitsreichen Tag!

Ich habe kaum Zeit für mich und ich habe auch keine Freude mehr am Rauchen! Ich arbeite lieber in einer Produktionshalle, dann hätte ich mehr Geld. Und das Leben wäre einfacher!" Das hat er nicht bloß durch eine Erschöpfung ausgesprochen. Und er sagt es nicht einfach so dahin. Er ist von dieser Einstellung überzeugt! Und schon bemerkt er, dass er auch keine Zigaretten mehr bei sich trägt ..."

## Kapitel 8

Der engagierte Gottlieb Danke beginnt, ein Gespräch mit seiner warmherzigen Mitschülerin zu führen. Er erzählt ihr, was er heute alles aushalten musste! Aber auch erreicht hat: „Wie ich das gemacht habe? Nun, das überlasse ich nicht der Ansprache durch die Podcast-Stimme! Ich versuche es einfach mal selbst!", so Gottlieb Danke. „Liebe Mitschülerin, du hast gesehen, mein Tag ist nicht perfekt. Manchmal bin ich nicht im Scheinwerferlicht.

Doch stets sage ich zu mir: Gib nicht auf! Das Leben ist schön! Und vergleich dich nicht und mich nicht mit anderen! Du bist einzigartig! Das Ehrfürchtige betet. Und die Erinnerung an unseren Herrn, die macht mich und dich KLEIN. Aber gefasst! „... ich muss auf das WC. Bin gleich wieder zurück ...!" Die freundliche Mitschülerin lacht und fühlt sich verstanden. „Dich als Freundin zu haben, ist wundervoll, liebe Mitschülerin! Dir kann alles im Leben widerfahren. Du zeigst Haltung und bleibst cool dabei."

Was machst du, wenn du als Leser*in plötzlich zum Beispiel keine Arbeit mehr hast? Oder wenn du keine neue Arbeit bekommst? Wenn du aus Krankheit deinen Freundeskreis verlierst? Was machst du, wenn du durch einen Unfall oder durch Fremdverschulden ein Pflegefall wirst? Dann werden Abenteuer zum Albtraum! Dann sind alle Tage lang und unerträglich! Die Logik daraus und die Moral der Geschichte lautet: Darum bleibe ich KLEIN und ERREICHBAR!", sagt Gottlieb Danke zu seiner Mitschülerin.

„Meine Familie, meine Freundin und der Glaube an Gott sind mir wichtig! Das hast du nun von mir gelernt! Und verstanden. Weiterhin viel Spaß! Und bleib stets dem Motto der Geschichte treu: Sei klein und dankbar, fasst die Podcast-Stimme aus dem Almradiosender zusammen.

Vielen Dank für das Lesen und das Vorlesen meiner Kurzgeschichte!

„Vergelt's dir Gott!"

# Erstes auto-

# nomes Taxi

**Hauptfiguren:**

1. Der rauchend lernende Herr Senf-Beigabe

2. Der ältere unbeholfene Herr Frikadelle

3. Die forschend wortzornige Frau Spekulatius

4. Der schimpfende Herr Spekulatius

5. Das elektronische On-board-RiderCar/der

   Sprachcomputer

## Kapitel 1

Das autonom routenfahrende Taxi ist heute fast vollständig mit Passagieren besetzt. Neun Fahrgastplätze sind insgesamt vorhanden. Es gibt noch einen reservierten Platz für einen weiteren Mitarbeiter bei der morgendlichen Tour. Dieser Mitarbeiter wird jetzt abgeholt: der unbequem rauchende Senfkommentator!

Der wartende Mitarbeiter steigt schon beim nächsten einprogrammierten Haltestopp zu. Das autonom fahrende Taxi mit den Passagieren muss hier am Haltepunkt immer regelmäßig längere Wartezeiten einkalkulieren.

„Wer hat das Wort IMMER gesagt?", fragt der schimpfend anspruchsvolle Herr Spekulatius. Das neu entwickelte Rider-Taxi ist keine futuristisch transformierbare Maschine. Jedoch ein verwandelbares Gerät, das per Knopfdruck zum Beispiel auf Zuggleise fahren kann.

„Nein! Scherz! Schmarrn! Das kann das autonome Taxi nicht!", so der richtigstellende Herr Spekulatius. „Aber auch kein übertrieben auffrisiertes Ding, das sich so schnell wie ein Düsenflugzeug durch den Verkehr manövriert!

Ehrlich gesagt: Straßenrennen sind nicht seine Aufgabe. Und genau so soll das Taxi sein!"

Das Taxi macht alles wieder gut, indem das Rider Car sicher für die Fahrgäste ist und pünktlich alle Mitarbeiter zum Zielpunkt befördert!

Der unbequeme Senf-Belag ist kein vorbildlicher Zigarettenraucher. Heute will er wieder mal seine Zigarette zu Ende rauchen. „Also so wie jeden Tag!", so der nachdenkliche Herr Frikadelle. „Heute ist es nur noch eine dreiviertel Zigarette, bis …!"

„Wie gestern auch!", unterbricht ihn der mitgehangene Herr Frikadelle in der Fahrgemeinschaft. „Muss das sein?", und die Meute ist durch seinen Zigarettenrauch genervt.

„Sieben Minuten früher aufstehen!", ist der gängige und wiederholt ausgesprochene Satz im Sammeltaxi.

„Da gefriert dem Senfkommentator bestimmt im Winter eine Zigarette an der Unterlippe fest!" Doch so einfach, wie es die wortgewandte Frau Spekulatius ausspricht, ist es nicht. Mit ihren erfahrenen Jahren schleudert sie wortstark Folgendes raus:  „Unhold!",  und  das  aus  ihrem damenhaften Mund, und sie zeigt mit Gestik ihre aktuelle Gemütshaltung dem Raucher gegenüber an.

„Jeden Morgen dasselbe! Zehn Minuten am Straßenrand im Rider Car auf ihn warten und sitzen. Das darf doch nicht wahr sein! Das nervt auf Dauer. Wirklich!"

Der süchtig rauchende Senfkommentator meint nur dazu: „Ich bleibe cool! Bin süchtig! Verzeiht mir bitte!"

„Das stört!"

„Eine gedankliche Hochrechnung. Sieben Minuten an fünf Arbeitstagen in 52 Wochen im Jahr, ausgerechnet und interpretiert ergibt das diese Schlussfolgerung: Du hast somit Zeit für einen Urlaub am Strand! Und das Geld hast du dann auch dafür zusammengespart, wenn du das Rauchen sein lässt!" „Deinen Gedanken kannst du dem rauchenden Senfkommentator jeden Tag unter die Nase reiben!", so die forschende protokollführende Frau Spekulatius.

Ein mächtiger Lkw braust auf der nassen Straße heran und lässt dabei keine Regenpfütze aus ... PLATSCH! Und nass ist der rauchende unbequeme Senfkommentator; WET! Durch und durch, bis auf die Shorts. Und bis auf die Socken. Durch und durch nass!

„Der komplette Kerl in Kluft tropft und hat nun geduscht! … dass ich das noch erleben darf!", freut sich die protokollierende Frau Herzsegen. „Treffer!" Und der undisziplinierte Herr Frikadelle kann sich ein lautes Lachen nicht verkneifen. „Wer den Ärger hat, braucht für den Spott nicht zu sorgen!" Alle Augenpaare schauen auf den geduscht schmollenden Senfkommentator.

„Für etwas muss die Wartepause ja gut sein …!"

Der forschende Herr Spekulatius notiert: „Motorabschaltung nach maximal drei Minuten Standzeit!" Das dauert heute mal wieder etwas länger, während der wissenschaftliche Herr Spekulatius seine To-do-Liste abarbeitet und notiert: „Heute dauert es wieder an der örtlichen Siedlungshaltestelle aus Gründen von größeren mir unbekannten Mächten und somit nicht vorhersehbar zeitlich etwas länger!"

## Kapitel 2

Der kompliziert handelnde Senfkommentator versucht es immer wieder erneut. Und behauptet heute sogar noch: „Er kennt das autonom fahrende Auto in- und auswendig! Das Rider Car, von technischen Details bis zu der exakten technischen Bedienung. Sodann, unsere luxuriöse Sitzheizung, diese geht doch kaputt, wenn die Fahrgasttür unseres Großraumtaxis offen steht!"

„Und alles wegen unseres Rauchers!" „Nein, das stimmt so nicht! Nein, das ist falsch! Alles funktionstüchtig!", so der wissenschaftliche Herr Spekulatius. Das Taxi steht noch an der Siedlungshaltestelle und hält dort eine Pause ein. Daraufhin legt der rauchende zeitlose Senfkommentator die Hand auf den reservierten Sitzplatz: „Kalt! Kaputt, oder?" Die vorherige Aussage hat die unbequeme rauchende Senf-Beilage immer noch nicht verstanden. „Ich halte mich zurück! Das haben aber bis auf ihn alle verstanden?", so der forschende Spekulatius. „Nicht kaputt – die Heizung ist nicht kaputt!"

Das dauert heute wieder mal etwas länger. Diskutieren und warten auf den zeitlosen unbequemen Herrn Senf-Belag!

Der forschende Herr Spekulatius schaltet einen Taster am Armaturenbrett um.

„Schon ist die Sitzheizung in Funktion!" Er notiert: „Funktionstüchtig!" Er schaltet die Heizung wieder aus. „Alles gut, Rider Car!" Er gibt die Information und den Test an den On-Board- Sprachcomputer weiter. Der Computer holt tief Luft: „Ufff! Keine Störung oder defekte Heizung! Gut!"

Der schwindelnde Herr Senfkommentator meint wie folgt und hält damit alle von der eigentlichen Arbeit ab: „Ich fahre nur mit, weil mir das Taxi gehört! Arbeiten muss ich nicht mehr!"

„Das hättest du wohl gerne", und die forschende Frau Spekulatius verdreht und rollt dabei wieder mal wegen ihm die Augen. Frau Spekulatius hält sich mit möglichen weiteren Urteilen zurück: „Das nervt! Ich bleibe cool!" „Alle schauen mir beim Rauchen zu!" Der nasse Herr Senfkommentator versucht dabei, seine nasse Kleidung zu ignorieren.

Der unbequeme rauchende Senfkommentator hat seinen Sitzplatz nun endlich gefunden! Die Autotüren schließen sich automatisch hinter ihm. Langsam und sicher mit den warmherzigen Worten vom höflichen Rider-Car-Taxi: „Wir haben noch Zeit, um unser Ziel zu erreichen! Abfahrtskontrolle! Alle Sensoren melden: Keine offenen Türen! Volle Fahrbereitschaft des Taxis ist nun gewährleistet!" „Endlich!" „Alle auf ihren Plätzen!" „Das ist anstrengend! Das knabbert an den NERVEN!", meint der Rider-Car-Computer"! Der wortkarg protokollierende Herr Spekulatius meint dazu: „Dieser Mitarbeiter kann das nächste Mal zu Hause bleiben! Und daheim rauchen!", und klopft mit der Hand auf seine Vordersitzlehne. Auf den Sitzplatz, auf dem der unangenehme Senf-Beilag sitzt.

Doch ihre Drohungen verblassen im Großstadt-Straßenschluchten-Gewimmel. Der Herr Spekulatius nimmt sich eine Preise Schnupftabak in die Nase. Er zieht sie prompt ein. Wir notieren: „Er ist auch kein Vorbild für junge Menschen!" Die forschend protokollierende Spekulatius blickt dem Geschehen nur ignorierend und distanziert zu und denkt dabei: *Ich bleibe stets gelassen und cool!* „Dann sag nochmals: Rauchen hat keine Auswirkungen! Der forschende Herr Spekulatius schaut dabei den nassen unbequemen Senf-Beilag an. Dabei kann er sein spöttisches Grinsen nur zum Teil unterdrücken. „Er ist komplett eingeweicht! Das gibt morgen bestimmt einen Schnupfen!"

„Ich bleibe cool!"


## Kapitel 3

Der neurotische On-Board-Sprachcomputer vom autonomen Rider-Car-Taxi meldet sich zu Wort: „Ich fühle meine Sensoren heute noch nicht zufriedenstellend! Das Steuergerät macht mir Zukunftssorgen!"

„Es ist keine Störung, aber auch kein auswertbares elektronisches Signal! Irgendwie komisch! Wir müssen mal wieder in die Autowerkstatt, liebes Rider Car!", so der protokollierende Herr Spekulatius. Er gibt dem On-Board-Computer mündlich Daten ein. „Rider Car. Wir notieren: „Werkstatttermin am heutigen Mittag! Um dem Rider Car Trost zuzusprechen! Heute haben wir deine Sensoren besonders strapaziert!

Viel Wind vom nasskalten Wetter abbekommen! Wir checken dich besser nochmals durch! Wir geben dich nicht auf!" Enttäuscht und abgeschlagen zeigt sich das autonome Taxi und gibt klein bei: „Ja, lass uns das versuchen! Das könnte funktionieren ...! Danke!"

Der On-Board-Rider-Car-Computer ist stets unterkühlt in seiner Wortwiedergabe. In seiner Selbstwahrnehmung hat er genug Reserve! Und gar widersprüchlich eine heftige schnelle Reaktion. Etwas zu selbstkritisch als Computer. Zu sorgenreich im eigenen Auswerten seiner anfallenden Daten. Wenn ich euch sage, dass die Software von einem Formel-Eins-Wagen stammt und die neunzig Prozent des Arbeitsspeichers des On-Board-Computers für wissenschaftliche Arbeit genutzt werden können, dann seid ihr platt vor Staunen. Aber so sind halt die erschaffenen Rider-Car-Nerd-Taxis! Das macht sie zu dem, was sie sind. Die Rider-Car-Taxis! „Rider-Car-Taxi, du bist eine gewöhnliche Serien-Formblech-Kreation!", sagt der gemeine, fiese Senfkommentator. „So ist das Verhalten der undankbaren Fahrgäste!", antwortet das Rider Car und gibt die Angaben der Sprit- und Batteriereserve zur Kenntnis: „Ufff! Aufladen und Auftanken bitte! Ich glaube nicht, dass der unhöfliche Senfkommentator schon einmal einen Führerschein hatte."

„Nicht mal einen fürs Fahrradfahren!", fügt jemand aus der Fahrgemeinschaft wissend hinzu. „Unkomfortable

Beförderung im Rider Car; selbst zu Fuß ist jeder denkbar schneller dran!", schimpft die unehrlich unvernünftige Senf-Beilage und bleibt dabei auf seinem Platz faul sitzen und macht sich dazu noch auf seinem Sitz großartig breit.

Die Fahrt mit dem angehenden Taxi geht, wie jeden Morgen um die selbige Zeit, zur Datenanalyse ins Forschungsgebäude von Rider Car. Aufladen der sechzigtausend Handy Batterien-Kapazität Batterie. In weniger als zehn Minuten! Und schon leuchtet die Armaturlichter im Innenraum wieder heller. „Rider Car: Auswertung der Daten, bitte!" Ein Mitarbeiter steckt ein Diagnosekabel sowie zuvor das Ladekabel an das Rider Car an! Der unbequeme Senf-Beilag wird später an seinem Arbeitsplatz noch abgesetzt. Nun hat jeder seinen gewohnten Arbeitsplatz eingenommen.

Der undankbare unehrliche Senfkommentator macht so, dass er bald seine Arbeit verliert. Das finde ich als Autor insbesondere und wiederhole das Wort gerne nochmals: nicht konstruktiv! Ganz und gar nicht konstruktiv! Und lässt meine Texthandlung nicht mit Eifer darstellen! Da lasse ich mir die getane Arbeit von den forschenden Frau und Herrn

Spekulatius besser bewerten. Wertschätze ihre Arbeit sehr! Arbeitsplätze schaffen! Rider Car programmieren: Toll! Treffer! Ich mache alles richtig! Ich bin super!

Eine sprichwörtliche Nerd-Family! Dieses Rider-Car-Unternehmen.

Auf dem T-Shirt vom forschenden protokollführenden Spekulatius stehen auf der Rückseite aufgedruckt stets andere Sprüche. Heute steht zum Beispiel darauf: „Wer nicht einzeln fährt, der kann vom Rider Car *befördert* werden!" So denken alle Nerds in Null-Strukturen! Diagramme und Kennzahlenfelder! Also nahtlose Verständigung. So musst du, als Leser*in, dir das schließlich vorstellen. Und der Rider-Car-On-Board-Sprachcomputer wird jeden Tag perfekter in der Umsetzung seiner zu tätigen Aufgabe. Damit er mal selbst ohne Unfall im Alltag die Fahrtrouten autonom bestreiten kann.

Rider Car ist immer dann gut gelaunt, wenn er die sanfte Stimme seiner forschenden Frau Spekulatius vernimmt.

„Rider Car, du könntest doch auch eine etwas pflegerische Lackpolitur gebrauchen? Denkst du doch auch!"

„Ja, das hört sich erholsam an!" Und die melodische Stimme der Sprachausgabe wird sanfter. Beruhigt sich. „Rider Car, heute nach dem Werkstattbesuch polieren und wachsen wir noch deine Lackoberfläche! So, jetzt kennst du dich aus! Gute Pflege ist bares Geld wert!" „Das ist wahr! Ich bleibe cool!"

## Kapitel 4

Die Auswertung am Protokoll-Tab vom forschenden Herrn Spekulatius ergibt für das Rider Car am Abend folgende Resultate: „Du bist nun einsatzbereit! Betriebsbereit für den Alltag!"

„JUPII! Alle Tests bestanden!" „Jetzt heißt es Geld verdienen und anstehende Wartungskosten verringern! Auf die Straße! Fertig! Los!", feiert der junge Herr Frikadelle ein Dialoggespräch, das ohne eine Zugabe von Kommentaren erfolgt ist!, und schaut dabei den gedankenlosen Senfkommentator an!

„Das nenne ich eine gelungene vorbereitete Arbeit!", bemerkt der unbequeme, rauchende Herr Senf-Beilag nach ein paar Minuten. „Solange ich stets am Straßenrand rauche, kann schon keine umprogrammierte Fehlermeldung bei unserem Rider Car auftreten!" „Da alle nur auf dich, den Raucher, warten!" „Der hört bestimmt nie auf zu rauchen!" „Zudem ist er nikotinsüchtig!"

„Stimmt, und die PFÜTZE hat statistisch gesehen keinen Einfluss auf eine Anzeige von Fehlermeldung im Rider-Car-Diagnoseverfahren!"

„Das ist gemein!" Dennoch für den zeitlos rauchenden Fahrgast ist dieses WAHR und Tatsache! „Seid still mit dem Spott! Schafft!", schimpft der wütende Herr Spekulatius von seinem hinteren Platz nach vorne! Der On-Board-Rider Computer kontert: „Ich will arbeiten, und dann rollt der Euro bei uns, wenn ich dann als Automobil unterwegs auf der Straße bin! Kilometer um Kilometer ...!" „Da spricht schon unser gemeinsamer Chef aus dir!" „Gut gesprochen! Du siehst jetzt gut bei uns hinein!", ergänzt die forschende Frau Spekulatius. Erkannt und zudem noch ein wenig gemein: „Ich ziehe den Fahrgästen sodann Euro aus der Taschen! Ich mach dies aber meist wieder gut!

Meine Kundschaft soll mit mir und meinem Dienst einverstanden sein!" „Ja, ja, gut machen", trägt die schimpfende Frau Spekulatius zum Gespräch bei. „Du Blechdings. Kaum intelligenter als mein einziger linker Schuh!", und sie fühlt sich mit der Aussage überlegen! Und beruhigt sich dabei wieder vom Stress am Tag. Der forschende Spekulatius besteht auf seine folgenden Worte: „So, jetzt aber endlich Ruhe! Ich muss hier drinnen arbeiten. Oder soll ich euch zwei Gelbe Karten vor die Nase halten?" Keiner hat bei der protokollführenden Frau Spekulatius das letzte Wort!

„... aber ich sehe, hier ist das Protokoll nicht vollständig. Es lässt einige Fakten aus ... „Der Tag ist anstrengend! Bitte gebt klein bei!", ergänzt ihr ehelicher Herr Spekulatius die Sätze. „Das stimmt! Ja, ich mache kleinlaut!"

## Kapitel 5

Das Ladekabel und ein Diagnosestecker werden vom Pkw abgetrennt und das autonome Rider Car macht sich auf den Weg zurück zum Ausgangspunkt. Es setzt die Mitarbeiter zielsicher in den nahe gelegenen Stadtvierteln jeweils zu Hause ab. Auch die lernende Frikadelle. Der will Admin-Operator werden. Der maßlose Senfkommentator zuerst: „Da wohne ich nicht! Ich steige aber trotzdem hier aus!" Rider Car erlaubt sich einen Wortkommentar:

„Der ist anstrengend! Das nervt! Und das muss ich mit ihm auch noch mitmachen?" Der forschende Herr Spekulatius kann sich nicht zurückhalten und sagt: „Darum wohnt der unbeholfene Senfkommentator auch ohne Freundin! Allein! ... als Single! Keine hält es mit ihm aus! Nicht mal er, er geht sich selbst auf den Keks! Treffer!" Die Fahrgastür schließt sich wieder. „So ein Affe!" „Kann ihn nicht leiden!" „Er spioniert uns nur aus. Und zieht sein Ego-Strategie-Game mit uns durch?!" „Das ist mir so fremdartig, stimmt es?" Die Fahrgastrunde seufzt erleichtert zusammen auf! „Ich denke am Abend immer: Zum Glück ist das Navi erfunden worden!

Das war was mit der Papierstraßenkarte! Kennst du das? Und dann noch neben dem Suchen auf den Verkehr reagieren! Das hat genervt!" Der wortkarge, unehrliche Herr Spekulatius fühlt in die Gemüter hinein: „Die Anwesenheit vom Senf-Beigabe ist manchmal herausfordernd! So kann es jeder, ohne sich dabei großartig anzustrengen! Dem Beigabe könnt ihr ihm schweren Herzens nur klein herausgeben! Schaut, du sprichst es auch nur aus!"

„Meinst du? Ich bleibe cool!"

Die verärgerte Frau Spekulatius hat dies so wahrgenommen und lässt sich nicht mehr bei dieser Sache beruhigen! „Und ich will es nur so handhaben!" Sie schimpft lauthals dabei! Sie meint, dass sie dabei zur Topform Anlauf nimmt!

„So ein Verhalten lässt Folgendes entstehen: graue Haare! - Quatsch sagen."

Und der On-Board-Computer will witzig sein und ergänzt: „Ich mache, dass deine Haare komplett weiß werden!" Sorgenfalten! „Das spicke ich bei dir nicht ab! Etwas überholt psychologische Verhaltensmuster. Oder was meint ihr dazu!", so der forschende Herr Spekulatius. „Tipp an dich: In ein paar Tagen ist der Vorfall klein und nichtig beigelegt!

Wetten!" „Warum also das Kleine groß machen wollen und umgekehrt? Ich bleibe dabei stets cool!", so der weise On-Board-Sprech-Computer! So befördert das Car-Team von Haltestelle zu Haltepunkt die Fahrgäste, bis endlich das Rider Car leer zurück zur Ausgangsposition gefunden hat. So findet der Tag wieder ein Ende. Ich bin geschafft! Und ihr? Stand-by-Modus aktivieren! Beep!

## Kapitel 6

Die organisierend kontrollierende Frau Spekulatius erwähnt und informiert am nächsten Tag die Taxi-Fahrgastrunde: „Heute ist unsere Premierenfeier unseres Rider-Car-Projektes! Deshalb sind alle hiermit hierzu eingeladen, daran teilzunehmen." „Also war der Flyer von der Veranstaltung keine Fake News!"

„Doppelt gemoppelt hält besser!" „Das heißt, wir fahren nun alle gemeinsam dorthin!" „Ahhh!", und die Mitarbeiter willigen freudig dazu ein! „Das ist zudem noch nicht alles! Eine weitere Überraschung darf ich den Mitarbeitern bekannt geben: Einen kleinen finanziellen Bonus gibt es für jeden einzelnen Mitarbeiter oben drauf! „Das ist super!

YEAH!" „Lass das wahr sein! Ich freue mich und bleibe cool!"

„Der Applaus und die Show werden voraussichtlich exklusiv sein! Unser Betrieb hat einen Preis, den es in der Branche gibt, gewonnen, und unser Vorhaben mittels der Rider-Car-Serie ist nun startklar für die alltägliche Anwendung!", so die aussprechende Frau Spekulatius. Die Premierenshow beginnt mit einem weiteren funkelnagelneuen Rider Car! Das Auto aus der angegangenen Produktionsserie. Lichtspots und Musikeinspielungen! Laserlicht, künstlicher Bodennebel und ein großes Publikum mit TV-Liveübertragung! Die Premiere des autonomen Rider Car!

Der forschende Herr Spekulatius und Frau Spekulatius sitzen auf der Bühne als gefeierte Mitarbeiterin und Mitarbeiter. Die Show läuft in der voll besuchten Halle an und kommt schließlich zum feierlichen Höhepunkt. Einen Light-Spot auf das Rider Car gesteuert! Ein eigener Mega-Song wird lauter und mitreißender, um das Rider Car in den Mittelpunkt zu stellen. Die intelligente autonome Rider-Car-Sprachausgabe hat nun die Anweisung, sich an das

Publikum zu wenden. Ich bin gespannt, was sie mittels KI zu dem geladenen Publikum selbstständig spricht!

Das Rider Car schaltet die Scheinwerfer ein. Dann die Innenfahrgastraum-Beleuchtung an. Dann fährt es auf der Bühne seitlich mit seinem Elektromotor vor. Öffnet zum Publikum hin die Beifahrertür. Und spricht über die Hallenlautsprecher: „Willkommen heiße ich euch, liebe Gäste!" Ich gebe beim Fahren auf uns und euch stets acht! In my car, it is funny, dear honey! Gentleman, please enjoy my service!", so hört sich ein auswendig gelernter Satz vom Rider-Serien-Car an.

Und wer sich dadurch nicht zum sicheren Mitfahren angesprochen fühlt, der will nichts für die Fahrt bezahlen oder er will, wie du, nur darüber lesen! Guck! Treffer! Das ist gute Unterhaltung! Das habt ihr nun verstanden! Das Hallenpublikum ist vom Sound-Tuning des Taxis überzeugt! Und als alles leise und gespannt ist, wird die festliche Hülle über dem Rider Car vom Autoblech abgezogen. Nun kann jeder das Rider Car enthüllt sehen.

„Was für ein Rider Car! Da steckt Arbeitskraft und Arbeitswillen drin!"

Ein altes museumshaftes Hupengeräusch ertönt von dem Rider Car. „Retro Oldtimer Sound." Das Publikum reagiert auf das alte Hupgeräusch mit erwünschtem herzlichem Lachen. Und es ist begeistert! Das Publikum steht auf und applaudiert mit Standing Ovations. Die engagierte Musikband beginnt, zu spielen. Nach dem Hupen ist klar geworden: Das lustige Auto bekommt bald einen Spitznamen verliehen. Es hat eine Seele und die Besucher haben das Rider Car in ihre Herzen geschlossen!

Die weitere After-Show-Party eröffnet die Tanzfläche und das allgemeine Catering. Das Publikum ist begeistert! Am Abo-Stand nehmen die Mitarbeiter der Rider-Car-Group die Daten der neuen Mitglieder per Ausweiskontrolle in die Dienstleistungskartei auf. Win-win Situation! Für die Firma und für den neuen Fahrgast. „Auf eine gute Zusammenarbeit!"

## Kapitel 7

Das Rider Car ist nun offiziell eingeweiht und übernimmt heute in hundertfacher Ausführung des industriellen Serienmodells die autonome Beförderung von Fahrgästen in der Stadt. Die auf der grünen Halde geparkte Rider-Car-Flotte verlässt heute endlich den Wiesenparkplatz. Sie kommt zum Einsatz! Sie ergibt ein mächtiges emotionales Bild. Hundert Rider Cars reihen sich auf der Straße, um an die Ausgangsposition zu gelangen. Wie eine bildhafte Perlenkette auf der Straße.

Ein kleines Hupkonzert und ein „Klick" für ein Picture. Super Sache, die beeindruckt!

„Rider-Car-Klone prägen nun das Stadtbild!" So betitelt eine Sonntagszeitung auf der Titelseite die Innovation! Jetzt heißt es, von Punkt A zu Punkt B: zur Schule! Zur Arbeit! Und Fahrten zum familiären Einkauf! Jede Fahrt, die ein Rider Car anbietet, ist erwünscht und willkommen! Dies beginnt mit der neurotischen Ansage der intellektuellen Sprachausgabe im Innenfahrgastraum.

Das Rider Car erläutert die Taxiregeln: „Guten Tag, lieber Fahrgast! Warten kann nützlich sein, doch dann müssen

Sie mehr Zeit einkalkulieren! Also dann los, um Zeit zu sparen! Tun Sie nun, was ich Ihnen sage: jetzt anschnallen, bitte!" Und schon ist der sympathische On-Board Computer im Einsatz! „Ohne zahlende Fahrgastkundschaft keine pflegerische Lackbehandlung! Seht ihr, ich lerne schnell!", so das Rider Car zum beförderten Gast. „Ich will Geld verdienen!" Die ausflippende Wüterich wendet sich dem Rider-Sprachcomputer zu: „Rider Car: Du bist einfältig und gefühllos, ich kann dich nicht leiden!" Und verzieht dabei seine Mimik.

Das Rider Car meint daraufhin: „Bitte schüchtere mich nicht ein! Sei lieb zu mir, sonst trägt dein nächstes graues Haar meinen Vornamen!" Die verärgerte Wüterich kann mit dieser Aussage nichts anfangen und zeigt dem Rider Car den Mittelfinger, wendet sich stoisch schnaufend von ihm ab.

Der protokollierende leistungsstarke Herr Spekulatius als am Gespräch unbeteiligte Person im Auto fügt an: „Es ist nicht gerade unterhaltend, Rider Car, im Leben kommt man nicht mit jedem einzelnen Gemüt klar! Lass es dabei so stehen!" Das hat das Rider Car verstanden! „Guck, super?!", und schaltet die Windschutzscheibenwässerung und Wischer ein. „Schnief! Das nervt!"

Die Car-Idee ist nun umgesetzt und zum LAUFEN entwickelt worden. Seit der Idee und des Starts der Umsetzung sind nun Jahre vergangen. Und nun ist es so weit: Der erste Einsatztag der Rider-Car-Dienstleistung ist nun Wirklichkeit geworden!

## Kapitel 8

Die alte Mitarbeitercrew findet sich am Montagmorgen wieder ein im Fahrzeug. Bei der Fahrt zur Werkstatt als auch zum Forschungsgebäude. Nur heute mit einem neuen Fahrzeug der Rider-Car-Serie. Das ist Routinearbeit ab heute. Um diese Taxis abwechselnd zu pflegen, zu warten und um zu reparieren.

„Schon wieder frühmorgens! Das nervt!", rüffelt die nachdenkliche Frau Spekulatius in den Fahrgastraum hinein. „Ich kann die Fehlermeldungen aus dem Sprachcomputer nicht mehr leiden! Das bedeutet Überstunden!" „Das ist Mobbing!", so der angegriffene On-Board Computer.

„Verzeih mir! Ich vergaß! Wir dürfen nicht schlecht über andere Mitarbeiter reden! Und uns nicht negativ über unseren On-Board-Sprachcomputer äußern!", so der besonnene Herr Spekulatius. „Ich mache es wieder gut, liebes Rider Car."

„Wir sind auch alles Laien! Keiner ist perfekt! Ein Wunder, dass unser Chef es mit uns zusammen so lange ausgehalten hat!", so der mitdenkende Senf-Beilag. Die forschende Frau Spekulatius, schon zuvor zugestiegen, wendet sich direkt an ihren Ehemann. Der protokollierende Herr Spekulatius lässt es mit Worten raus: „Und dann schimpft sie noch so schrill ...!"

„Bodenlose Frechheit! Wen meinst du damit ...?" „Die Frage lasse ich als rhetorische Frage gelten!", so die einfordernde Frau Spekulatius. Und sie starrt dabei den Rider-Car-Sprachcomputer noch lange abwesend an. Der Sprachcomputer ganz eingeschüchtert: „Bitte um Kenntnisnahme einer Mitteilung: „Der unehrliche Schwindler wird vermisst von der Rider-Crew!" „Verschollen?! Und den habe ich groß gemacht!", antwortet die wortzornige Frau Spekulatius! Der fachmännische Herr Spekulatius liest die eingegangene Nachricht auf dem Protokoll-Tab zu Ende: „Der Schwindler" ist WANTED!" „Warum saß er eigentlich im Rider Car? Er ist kein Mitarbeiter von Rider Car gewesen!, so die vorliegende Information." „Wahrscheinlich lesen wir dann einen recherchierten Bericht in irgendeiner Presse …!"

## Kapitel 9

Doch die Rider Car rollen weiter auf den Straßen!

„Rider Car, was kannst du überhaupt?", so die nörgelnde Frau Spekulatius weiter! „Na ja, abgesehen davon, dass ich keine Zeitmaschine bin …" Der forschende Herr Spekulatius unterbricht und ergänzt: „Damals und in der Zukunft wird es stets jemanden geben, der herumschimpft! Reg dich nicht auf! Jeder weiß, dass dein Car-Chip einmal als Controller-Chip bei einer Weltallmission regelnd eingesetzt war!" „Ich stehe auf Scherzkekse, die ihre Arbeit am Tag zudem auch noch korrekt erledigen! Nicht so wie der damalige Herr Senf-Beilag!" „Guck, sie bleibt ruhig!", sagt der forschende Herr Spekulatius zum Rider Car. Es gibt noch Hoffnung und Einsicht! Das hat genervt!

## Kapitel 10

„Doof, die neuen Fahrzeugtests!", verärgert äußert sich der Rider-Car-On-Board-Computer. „Diese Anstrengung hat doch noch zum gemeinsamen guten Road-Erfolg geführt! Wir sind nun UNTERWEGS!" „Für all die Leute in unserer Stadtgemeinschaft leben!", erklärt die vorausdenkende Frau Spekulatius ihre Meinung ihrem Ehemann Herrn Spekulatius und der anderen Rider-Crew. So wie die Kapitel im Buch stets mit einem großen „D" beginnen, so sicher ist es, dass die autonom fahrenden Fahrzeuge nicht mehr aus unserem Alltag wegzudenken sind! Das überzeugt! Das hast du jetzt so verstanden! Treffer!

Der Rider-Car-Computer bittet nun alle, aus dem Fahrzeug auszusteigen! Für eine Überraschung! „Übrigens, ich habe noch etwas gelernt und bitte die forschende Frau Spekulatius und alle um Mithilfe dabei! Sagt das Wort: Farbe!" Kaum ausgesprochen wechselt das *beige* Car die Farbe zu *metallicblau*! Eine quietschblaues Süßigkeiten-Bonbon-Farbe! Die Crew zeigt sich erstaunt! „Was in der Forschungszukunft alles … ähmm … was heutzutage möglich ist!"

„Sensationell!" „Jetzt sind wir erwachsen und gucken erstaunt!" „Unglaubliche Technologie!" „Da GUCKT ihr,
was?" Euch wünsche ich allzeit gute Fahrt!

# Spuk im

# Schloss

**Geister:**

1. **Flascheleer**

2. **Hohlpfosten**

3. **Tristöde**

4. **Undank**

**Schlossherren**          **Adel Ernst**

                           **Frau Ernst in spe**

**Besucher**               **Schulkinder**

## Kapitel 1

Die angereiste Schülergruppe wartet schon aufgeregt auf das Erscheinen der vier Schlossgespenster. Es ist Mitternacht. Genauer gesagt: zehn Minuten nach. Das ungeduldige Murmeln der Schülerinnen und Schüler beginnt: „Die haben sich verspätet!" „Das waren sicherlich im früheren Leben keine Maurer." „Die sind wohl eingeschüchtert von unserem taffen Erscheinungsbild!"

Eine Schülerin fügt an: „So ein Vierer-Geisterspuk kann mich nicht erschrecken!", als plötzlich die Geister Hohlpfosten und Flascheleer im Schlafsaal auftauchen. Dahinter sind in der Dunkelheit zudem die Geister Tristöde und Undank zu sehen. Vereinzelt zieht eine Schülerin die Bettdecke über den Kopf und meint: „Da kommen sie! Holt die Geisterjäger!", und schaut ängstlich zu. „Die gibt es ja hier echt! Richtige Geister. Ahhhh." Vor Aufregung popelt die Klassenlehrerin in der Nase und äußert: „Hoffentlich gehen die bald wieder. Die sind ja unheimlich!"

Eine Schülerin füllt gerade ihr Glas mit Tee und vergisst bei der Aufregung, anzuhalten. Der Tee aus der Kanne läuft über …! „Treffer", so Geist Hohlpfosten und er hakt sich im Flug in Flascheleer ein.

Die Schülerin starrt gedankenverloren die Geister an. Keiner sagt ein Wort. Es ist still. An Schlaf ist momentan nicht zu denken. „Mama, im Haus spukt es doch!", sagt ein Schüler in sein Handy und legt das Gerät wieder zur Seite.

## Kapitel 2

Zimmerwände sind für die vier Geister kein Hindernis. Und so schweben sie, ohne das Fenster oder die Tür aufzumachen, in den Schlafraum. Raus und rein. Und in der Wohnebene zwischen den Zimmern umher. Schwupp! Der Geist Flascheleer beginnt zu weinen und zu klagen: „Ich kann nichts mehr genießen! Mein Leben ist geschmacklos." Darauf der Geist Hohlpfosten: „Sei kein verklemmter Frosch!"

„Doch! Das ist wirklich unangenehm! In der Zwischenwelt ist das Leben hart. Ich will wieder Mensch werden!" Einige Kinder fühlen sich durch den jammernden Geist unterhalten. „Der ist doof und lustig zugleich", sie verkriechen sich erneut unter die Bettdecken. Tränen von Geistern sind Wirklichkeit. Das bedeutet, sie fallen echt und berührbar zu

Boden. So ergeben sich zwei kleine Tränenpfützen auf dem Parkettfußboden. „Das ist unser kleiner jammernder Geist Flascheleer." Undank und Tristöde zeigen mit ihren Fingern auf Flascheleer.

Ein paar Schülerinnen und Schüler halten sich ihre Hände mitfühlend vor den Mund. „Ohh!" „Buhh, ich bin so traurig!", so Flascheleer. „Ich denke, das müssen die abchecken. Da ist guter Rat teuer", sagt ein Schüler zu seinem Kameraden, ohne dabei zu blinzeln. Mit offenem Mund starrt er aufmerksam zu dem Geist. „Erzähl uns von dir, du weinender Geist! Aus deinem Leben. Von dir. Vielleicht können wir dir ja Trost zusprechen", bittet die Jüngste aus der Gruppe. „Ich war ein Mensch – so wie ihr es seid –, doch nun bin ich ein gefangener Geist. In der Zwischenwelt! Und wir sind verdammt, auf ewig zu spuken. Ich war zwanzig, als ich mich verwandelte. ... ich will wieder Mensch sein. Damals konnte ich alles essen und trinken. Über den Durst mich betrinken. Rauchen. Joggen und schwimmen. Und jetzt bin ich ein Geist. Nur im Schloss hier sind wir als Geister für Kinder sichtbar. Und nur hier finde ich haltbaren Trost. Bei euch Kindern."

„Was macht dir denn Freude?", fragt eine Schülerin Tristöde, als er sich auf seinem Bett breitmacht. Flascheleer, vom Schicksal der Zwischenwelt gezeichnet, überlegt. „... Spaß für uns ist ... ahhmmm ...? ... manche Schüler freuen sich, wenn ich durch ihre Körper hindurchrase. Das kribbelt im Körper. Und dabei lachen manche mit mir gemeinsam." „Dann leg los!" FLUMPFF! Durch ... Und der nächste ... FLUMPFF!

„Au ja, das machen wir!" „Ich will das auch fühlen!"

„Und los! FLUMPFF!" Und die Situation war gerettet. Flascheleer hört dabei auf, zu weinen. „Das tut gut. Kinderlachen, und das nicht aus Spott, sondern aus albernem Spuk!" „Uiiii!" „Das hab wir verstanden", so die Kinder. Kaum ist Flascheleer abgelenkt von seinem Leiden, hört er eine Chipspackung knistern. Der Geist bleibt andächtig vor der Packung schweben und beginnt wieder, zu heulen ...

„Doch nicht über meine Chips, Flascheleer. Die werden sonst nass." „Dich nehme ich nicht mit, aber gleich deine Packung Chips.

Wie findest du das ...?" Der Schlossbesitzer ermahnt die Besuchergruppe: „Ich sagte doch zu euch, ihr sollt nichts um Mitternacht vor den Geistern naschen ... § 23."

Das Mädchen aus der Gruppe steckt die Chipstüte wieder ein. „Das ist ja so spannend. Verzeihung wegen der Chips. Kommt nicht wieder vor. Hausordnung muss sein."

Die Geisterstunde ist vorüber. Sodann huschen die Geister auf und davon. Aus dem Raum zum Dachboden. In die Nacht hinein. Von dort hallt wieder das gruseliges Knarren und Knacken des Gebälks, das die Stille durchbricht und zu hören ist. Die Kinder sind beeindruckt und verängstigt: „Das ist ja ein gruseliges Haus!" „Ich dachte schon, die wollen uns Mäuse als Geister unterjubeln." „Ja, die Geistervorstellung war das Geld wert!" „Buuuhhh!" und das Deckenlicht im Schlafsaal wird vom Klassenlehrer gelöscht.

„Also gibt es kein Geld zurück!", meint Herr Ernst Adel zu seiner zukünftigen Frau. Nur eine kleine LED-Kerze leuchtet in der Mitte des Raumes.

„Gute Nacht! Augen zu. Jetzt aber schlaft ihr alle bitte!"

„Gute Nacht, Herr Lehrer", ist noch zu hören und schon schlafen die meisten und kommen wieder zur Ruhe.

## Kapitel 3

Wieder ein neuer Tag im Schloss. Eine neue Besuchergruppe in den alten Gemäuern. Adel Ernst und seine Frau in spe im Gespräch: „An dem Tag, an dem die Schlossgespenster das Haus verlassen, bekomme ich ein fettes Grinsen im Gesicht", so Adel Ernst.

„Das dann durch ein herzliches Lachen von mir begleitet wird. Doch noch ist es nicht so weit." „Noch sind die vier Geister im Haus." „Schlossgespenster ersetzen keinen lauten Wachhund im Schlosshof." „Aber auch umgekehrt, kein Hund einen Spukgeist. Die vier Spukgeister sind unheimliche Geister für Kinder!" Adel Ernst legt seine Fachbücher über Geisterflüche zur Seite. „Du wirst der Erste sein, der unsere Geister vermisst! ... ich wünsche mir die vier zurück, hören wir dich dann rufen! Die Geister finden es eine Zumutung. Und ich bin mir nicht mehr ganz sicher, ob Segen oder Fluch."

„Ich habe heute wieder KEINE Lösung für das Lossagen der Geister gefunden. Doch ich werde den fürchterlichen Fluch bald bannen. Zum Wohle der Geister. Sei es mit einem

Zauberspruch oder einem weisen magischen Gebräu. Ich lasse mir was einfallen!"

„Wenn keiner beispielsweise schuldig ist, so kann die Schuld auf die Geister überschrieben werden. Die sind es gewesen. Ich bin unschuldig!", sagt eine Schülerin zum Schlossbesitzer erleichtert. Kaum haben Adel Ernst und die Schülerin von den vier gesprochen, jagen die Geister sich gegenseitig neckend durch die Flure und Zimmer.

„Sie sind tatsächlich da!", so ein Mädchen zur Lehrerin.

„Die Geister sind echt, aber sehr einfältig. Naiv. Zudem voll kindisch!" Die Schülerinnen beobachten das wilde Treiben.

„Du hast mir den Fuß gestellt", sagt Hohlkopf. „Das bekommst du zurück!", so Undank. „Du bist aber schnell sauer!", wirft Tristöde ein. Und packt ihn in den Schwitzkasten. „Na warte, dich habe ich gleich so weit!"

„Du flehst nach Entschuldigung und Aussprache!" Und so bekommt Geist Hohlkopf eine raufende Abreibung.

Die Besuchergruppe ist diesmal eine reine Mädchengruppe aus einer Klosterschule. „Die haben früher sicherlich nichts hinbekommen! Schau sie dir an. Streiche spielen und

Fallenstellen. Nur Blödsinn im Kopf!", so die Mädchen der Schulklasse.

„Wenn ihr euch benehmt, wie ein fürsorglicher Schutzengel sich benimmt, dann fällt der zwischenweltliche Fluch von euch sicherlich ab. Davon bin ich überzeugt", argumentiert die Lehrerin und schaut dabei Herrn Adel Ernst an.

„Stimmt, an dem Spruch ist etwas Wahres dran. Das könnte die Lösung sein!"

„Eine gute Tat an einem Tag, da brechen wir uns sicherlich keinen Zacken aus der Krone!", so Geist Tristöde. Und die Geister stehen zum Beratschlagen im Kreis herum. Kratzen sich am Kopf. Reiben überlegend das Kinn. Eine schreibt etwas mit einem Stift auf einen Zettel. Die andere macht eine Videoaufnahme mit ihrem Handy. „Szene im Kasten. Auf Befehl spuken. Los!" „... gerade, wenn es spannend ist."

„Trödelt nicht herum!", mahnt der Schlossinhaber die vier Geister. „Und denkt daran, bitte die gemeinen Geister nicht auslachen", ermahnt Adel Ernst die Schülerinnengruppe.

„Das will ich nicht! Das spürt ihr doch auch", so Herr Adel Ernst zu den Schülerinnen. „Fürchten ja, aber nicht auslachen!" „Buuhh!" und das Knarren nachts in den

Schlossmauern ist wieder hörbar. Die gemeinen Streiche und angesetzten Fehden, das kommt alles von denen.

„Wir sind unterhalten," sagen die Geister, als sie heute wieder durch die Nacht davonfliegen. Daraufhin meint eine Schülerin: „Das ist ja nicht einmal Spielfilmlänge von neunzig Minuten."

„Schon sind die Geister wieder unsichtbar und verschwunden." „Ich habe mich gefreut, echte Gespenster zu erleben." „Die Zeit ging so schnell vorbei ..."

„Oooohhh, schon vorbei!" „Ich konnte nicht mal ein Foto von den vieren machen. Ich weiß, die Geister sind da. Aber auf keinem digitalen Foto sind sie abgebildet! Nicht zu sehen!" „Nein? Stimmt! Ich bin auch enttäuscht!"

„Wie soll ich das weitererzählen? Das glaubt mir keiner!" Geist Hohlpfosten ist wieder zugegen und kommentiert: „Hiihiii! Wir sind eben Geister!"

## Kapitel 4

Flascheleer schnappt sich die Aktenmappe der Lehrerin. Er zieht die Notfallkontaktliste der Schülerinnen ungenehmigt heraus. Ein neuer Geisterstreich. Er bindet alle Nummern in eine Konferenzschaltung ein. Um Punkt Mitternacht lässt er alle Handys klingeln. „Surprise, surprise!", und schaut noch unerkannt in die Runde der Schülerinnen.

„Und STOPP!", dabei hält Flascheleer die Taste auf seinem Handy gedrückt. Das Klingeln verstummt. Es ist mucks-mäuschenstill im Raum. Die Schülerinnen schauen ihn alle gleichzeitig an. Plötzlich läutet sein Handy. Hohlpfosten kommt aus dem Handymikro herausgebraust. „Ich bin frei. Juppi", und saust über die Köpfe hinweg durch den Schlafs-aal in die Nacht hinaus.

## Kapitel 5

„Können Geisterwesen krank werden? Schnupfen bekom-men?" Diese Fragen liest Herr Adel Ernst vom zugesteckten Fragenzettel der heutigen Besuchergruppe ab. „Nun, das fragt ihr die Geister am besten selbst. Unsere spukenden Schlossgespenster." Kaum hat Herr Adel Ernst es ausge-sprochen, schwirren schon die vier herein. Die Kuckucksuhr zeigt Mitternacht an. „Das nenne ich Einsatz."

„Habt ihr eine ansteckend übertragbare Krankheit? Könnt ihr als Geister auch krank werden?", flüstert ein Schüler unter der Bettdecke hervor. In der kühlen Nacht, es ist für alle eine kalt frostige Nacht, bildet sich ein Hauch von Kondenswasser beim Sprechen im Raum.

„Wenn es nur ein Schnupfen wäre. Nein, viel schlimmer. Wir sind hier gefangen in der Zwischenwelt." „Ich habe Gänsehaut!" „Die reden mit uns!" „Der hört sich nicht zufrieden an." „Was für eine Welt meinen die?" Eine gefasste Schülerin antwortet: „Würdest du weniger Unsinn treiben, dann wärst du eventuell frei! Aus der Zwischenwelt befreit." „Das macht aber doch Laune. Krachen und Wind machen in den alten Schlossräumen", so Geist Hohlpfosten. „Deren kindisches Benehmen bitte nicht nachahmen. Das steckt an! Bleibt normal. Macht es richtig!", so der Klassensprecher zur Gruppe. „Bald ist die Geisterstunde vorbei." Hohlpfosten jagt seinem Echo nach: „Buuhhh, Buuhh." Da schleicht eine schwarze Schlosskatze in den Schlafsaal. Geist Undank starrt sie an. Geist Tristöde signalisiert der Katze einen gefährlichen Spiegelblick.

Und nun muss ich als Buchtipper etwas mit Worten ausholen und erklären: Flascheleer war früher als Mensch Kampfsportmitglied. Mit seinem damaligen dreifachen

Körpergewicht verglichen mit einem erwachsenen Menschen. Er war sozusagen damals ein starker Mann! Doch dann geschah ein kleines Unglück. Er wurde eingeklemmt in der automatischen Tür eines Archivschrankes, als er diesen verlassen wollte. Sein Kopf war auf Höhe einer Katze, die ihm aus reiner Verteidigung das Gesicht zerkratzte.

Nun sieht er die hereinschleichende Hauskatze. Sie begegnet ihm nicht so oft zufällig im Schloss. Aber wenn, dann macht Geist Flascheleer redensartlich in die Hose. Um auf den Punkt zu kommen: Er ist dann traumatisiert! Wie ein Elefant Angst hat vor Mäusen.

Die Katze spürt die Unsicherheit von Flascheleer. Sie hebt die Tatze und faucht. Anschießend rast sie davon. Flascheleer ist geschafft. Er hisst die neutrale Fahne mit der hochgestreckten Hand. Er ist erleichtert, dass die Katze nun verschwunden ist. „Schaut an, die armen Geister. Sie sind nicht einmal in der Zwischenwelt sicher." „Geister, die Angst verbreiten, und selbst noch irdische Angst spüren." „Ja, das ist ein hartes Schicksal."

## Kapitel 5

Das Turmzimmer ist alt und nicht renoviert. Es ist ein Schlafplatz für Fledermäuse geworden. Flascheleer öffnet die Tür. Diese wurde schon lange nicht mehr benutzt. Unter lautem Knacken und Knarren drückt Hohlpfosten die Tür ganz auf ... hält ein Pappschild mit dem Wort Umleitung hoch und zeigt in Richtung Treppenhaus ...

Ein riesiger Figurschatten taucht an der Wand auf und bewegt sich zielsicher zum Piano. Anschließend werden auf dem Piano im Speisesaal die Tasten von einer unsichtbaren Person gespielt. Eine schaurige Melodie erklingt. Die Töne untermalen die Stimmung: den Flug von vielen Fledermäusen.

Die wartenden Kinder werden sich zu Tode erschrecken und Tristöde kichert sich ins Fäustchen. „Hihi! Buuuuuuhh!", ruft er, als daraufhin die Meute Fledermäuse durch den Schlafsaal düst, über die Köpfe der Kinder hinweg. „Schhwooohhhuu!" Und Hohlpfosten hinterdrein: „Buuuuhh!" Die große erhellende Kerze in der Mitte der Schüler erlischt beinahe!

Die offene Fensterklappe hatten die Geister tags zuvor im Turmzimmer versperrt. Nun müssen die schwarzen Flattertiere zu dem Treppenhaus hinaus, weiter durch den Schlafsaal und dann durch den Flur, um ins Freie zu gelangen. „Buuhhh!" Nächtliche Jäger.

„Wehe, wenn sie losgelassen werden ... unheimlich!", ergänzt das unbehagliche Staunen der Besucherinnen und Besucher. „Ooohhh, guck ...!"

Der Wunsch der meisten Besuchergruppen ist es, ein Mitternachtsmahl zu genießen. Doch auch dies findet bei den vier Spukgeistern im Speisesaal Gefallen. Beispielsweise diese verwirrende Aktion der Geister: Ein Schüler beginnt mit Messer und Gabel seinen servierten Pancake zu einem mundgerechten Stück zu teilen, platziert das Stück auf der Gabel. Genüsslich und aus Gewohnheit schließt er die Augen und ... hää. „Das darf doch nicht wahr sein!" Und nochmals: Er sticht mit der Gabel einen weiteren Happen auf und dann ... wieder. Die Gabel ist leer. Und er hat nichts im Mund. Sein Hunger macht den Schüler sauer. „Die verflixten Geister!"

„Wir haben es bis zur Vollendung trainiert", so Flascheleer.
„Ich bin bald vom Pancake-Happen satt geworden. Und du?
Hiiihii." Der Schüler weiß nicht, wohin mit seinem Ärger.
Doch die Lehrerin gibt ihm einen Rat: „Bitte den Geist einfach, dir zu helfen, weil du sehr hungrig bist. Dann lässt er dich sicherlich essen."

„Danke, Frau Lehrerin."

„Gell, die weiß was!", so Tristöde zu Flascheleer. „Die kennt uns schon von früher mit einer anderen Schulklasse. Die hat es drauf!" Der Schüler packt den Pancake mit seinen zwei Händen und sagt: „So, das wollen wir doch wissen." Und er isst ihn, ohne gestört zu werden, auf. Seine Kameradinnen und Kameraden sind erheitert darüber.

„Schmatz nicht so, aber lass es dir schmecken!"

„Mampf. Dan...kkkee.", so der Schüler mit vollem Mund.
„Schmatz." Er war sichtlich hungrig. Und musste sich so seinem Ärger Luft verschaffen.

„Der lernt es auch noch", so die Lehrerin zur Schülergruppe.
„Händewaschen nicht vergessen."

Und Flascheleer sucht. Er überlegt sich schon einen neuen Streich für die Besuchergruppe.

„Bis einer weint, ihr Blöden", hört Flascheleer den Schülerjungen seinen Pancake verspeisen. „Ja, das ist mein Beruf. Gemeiner Spuk." „Macht das, liebe Kinder, nicht nach. Das dürfen nur Spukgeister hier im Schloss zur Mitternachtsstunde." Als die Lehrerin aufsteht, kann sie ihre Füße nicht steuern, da jemand unter dem Tisch ihre Schuhbändel von einem Schuh zum andern verknotet hat. Sie platziert sich unsanft zurück auf ihren Sitzplatz. „Na sauber", war ihr Kommentar.

## Kapitel 7

Als die Geister wieder in der darauffolgenden Nachtstunde erscheinen, zeigt sich der Geist Flascheleer ein wenig angesäuert, so als wäre die Schulklasse zufällig da. So beginnen die vier Geister ungerührt, ihr gemeinsames Gespräch fortzusetzen. Die vier fühlen sich nicht im Mittelpunkt der Beobachtung, lassen sich auch nicht dabei stören. Die Geister diskutieren ihre Alltagssorgen: „Ich will nicht länger ein Geist sein!" „Ich will bei meiner eignen Familie sein. Zumindest mal besuchen und Freunde treffen." „Das Leben ist oft kein Wunschkonzert. Und es ist auch kein Zuckerschle-cken." „Meist will jemand das, was er nicht hat!"

„Ja, du wirst bald wieder bei deinen Freunden und deiner Familie sein." „Das glaube ich auch … komm, wir strengen uns wieder sehr an. Wir sind nämlich super Spukgeister!"

„Du bist nicht ausgeschlafen, Geist Flascheleer."

„Los, gebt euch Mühe. Ihr wisst, was unsere nächtliche Aufgabe ist: Spuken! Unsere Besucher erschrecken. An die Arbeit. Bereit. Dann los." „Unsere Arbeitsgenehmigung vom Geisteramt ist auf dieses Schlosshaus ausgestellt. Los, wir müssen spuken, sodass sich die Balken an den Decken biegen und brechen." Ächz. Knarr. „Wir müssen das tun, was ein Geist tun muss!" „Ich bin Geist Flascheleer!"

„Buhuuuhhhh!" Hohlkopf fetzt im Kreis durch den großen belegten Bettensaal des Schlosses. Daraufhin beraten sich die Schlossleiter (Ernst und seine baldige Ehefrau): Die Schulklasse arbeitet an einem Textartikel für die Schüler-zeitung. Schon ist beinahe eine Stunde verronnen. Ein mehrseitiger Bericht über den Klassenausflug im Schloss ist fertig. Doch ist er im Spukschloss geschrieben, dann ist kein Text geblieben!"

Undank kommt aus dem Tintenfüller geschlüpft und die Buchstaben auf dem Blatt entfernen sich. Das Papierblatt ist wieder völlig weiß. „Hihihi", so die Spottgrüße von Undank und seinen Kumpanen.

Der Schlafsaal ist riesig. Hochbetten für zwei Schulklassen, also für sechzig Schülerinnen und Schüler. „Meine Aufgabe ist, unsere Geister aktuell zur Mitternachtsstunde immer aufzuwecken und zu motivieren. Auch wenn sie wie heute ein wenig depressiv und unstimmig sind. Habt ein wenig Nachsehen mit ihnen." „Das Geisteramt ersetzt mich bald. Ich bin für den Schlossspuk nicht zu gebrauchen", so Geist Hohlpfosten. „Einfältig. Unsportlich. Unmotiviert." „Dann los, auf! Qualifiziert euch weiter. Und lernt!", so Herr Adel Ernst. „Ich helfe und unterstütze euch."

## Kapitel 8

Angesteckt von der Stimmung und des depressiven Geistes Hohlpfosten: „Ich dachte, ich erreiche das Ziel im Schnelldurchgang." „Komm, lass mich in der Befehlskette an den Anfang, du Wicht. Ich will nicht länger deinen Befehlen gehorchen müssen", so Tristöde. „Ich habe den Dreh jetzt selbst raus. Ich mache dich als Geist von nun an mit!" „Gut, du bist mein Vorbild. Ich lerne von dir! Aber ich kann öfter im Schloss spuken!" „Hey, wo sind die albernen Geisterwesen? Ich will mich gruseln."

„Die sind zu nichts zu gebrauchen. Hoffentlich steigern sich die Geister heute nochmals. In ihrer Laune und ihrem Aufgabenwillen." Die Besuchergruppe verweilt begeistert vor den vier Geistern noch eine weitere Nacht im Schloss.

In der folgenden Nacht passiert wie gerufen, so geschehen. Wenn wir von den Geistern reden, dann sind sie schon da. Es krabbelt eine große behaarte Spinne an ihrem gesponnenen Spinnenfaden über dem Kopf der sitzenden Lehrerin ab und lässt sich dort nieder. „Aaahhhhh!" Alle Mädchen kreischen, als sie es bemerken. Die Lehrerin schreckt vom Stuhl auf. Die Spinne verfängt sich prompt in ihrer Haarfrisur.

„Ich komme um vor Schreck!"

„Das ist Horror", fürchten sich die Kinder. „Das ist wahr." „Da, guck! Eine eklige Spinne ..."
Hohlpfosten kommentiert und ruft Geist Undank hinzu: „Die Spinne habe ich gestern gefangen. Der Effekt war

filmreif. Habt ihr euch auch so gegruselt?" „Wie die und wir aufgeschreckt sind ... und dann noch der schwarze Krabbler in den Haaren der Lehrerin ..."

Erhaben über seinen gelungenen Streich meint der Geist: „Ich habe heute gut gearbeitet." „Erfolg in jeder Hinsicht!", wertet Flascheleer ihn auf. Ein vorlauter Schüler ruft ihr zu: „Bleib cool! Die Spinne will nur mit dir spielen!" Doch den Satz hat die Lehrerin nicht mehr hören können. Sie eilt in den Schlosshof. Wild schüttelt sie sich und wirft die Spinne vom Kopf. „Bitte nicht nachmachen zu Hause, liebe Kinder. Spinnenphobie ist nicht schön. Und ihr habt doch gesagt, ihr macht keinen Stress." „Ja! Wir sind lieb!" Die Lehrerin löscht das Licht im Schlafsaal und legt sich mit ihrer Schulklasse schlafen. „Gute Nacht! Seid jetzt lieb und nun still." „Gute Nacht, Frau Lehrerin."

## Kapitel 9

„Trefft mich an Halloween! Nichts ist gruseliger als unsere Ghost-Show. Das können wir nicht nur einmal im Jahr machen, nein, jede Nacht. Kommt uns besuchen. Wir freuen uns auf euch!"

Schon hat wieder eine weitere Schulklasse den Anreiseweg zum Spukschloss geschafft. Sie wollen eine Schlossnacht mit Gespenstern erleben. Wie bestellt, so wird gegruselt. Abends: „Ihr müsst jetzt ganz still sein. Sonst trauen sich die vier heute nicht raus. Sie sind eingeschüchtert worden durch die Aufgabenstellung", so der Betreiber des Schlosses, Adel Ernst. Die Geister sind wie männliche Personen mit Testosteronmuskeln, wie volkstümlich gesagt wird. Aber innerlich sind sie weich und herzenssanft. Die Geister sind Machos mit weichem Kern!

Ein zweitöniges Humpelgeräusch ist vom Dachboden zu hören, so als käme ein Piratenkapitän aus Fleisch und Blut zu Besuch. Top Tap! Top Tap! Ein Stiefel und ein Holzfußstumpf. Ja, so hört sich ein Kapitänsgang an. Das ist Geist Flascheleer. Der älteste und erfahrenste Geist der vier. Jeder Geist erhält seinen sorgfältig ausgewählten Charakter vom Geisteramt. Ihn muss er, so gut es geht, veranschaulichen und erlebbar zeigen!

Flascheleer bekommt seine Geisterrolle nur schwer ausgesprochen: „Ho, ho. Piraten sind so!" Er stampft mit seinem Holzstumpf vier Mal auf den Holzfußboden. Gruselig! Und die Geräuschkulisse ist fröstlig durch den Geist, der das Donnern und Windpfeifen beherrscht. Kaum hat die Lehrerin der Schulklasse dies angemerkt, pfeift es durch die alten Holztüren und undichten Holzfenster. Pffffiiiiffff. Das ist Geist Tristöde – wenn er sich einbringt. Er hat es drauf, auch das Metallblech donnern zu lassen, wenn zugleich draußen ein sternenklarer Himmel mit Vollmond zu sehen ist. Er macht dieses Donnern ohne Wolken gekonnt nach. Uiiii! Die Besucher denken sich dabei ängstlich, dass die Tagessonne nie wieder scheinen würde. Purer Horror. Geist Undank kommt angeflogen. Seine Erscheinung: Er ist ein klapperndes Körperskelett mit einem Staubschleier, den er hinter sich herzieht. Wie die weiße Dunstlinie eines Flugzeuges.

Geist Undank wird daran gemessen, ob er den Besuchern ein mulmiges Gefühl einflößt, wenn sie erkennen, dass sie als Menschen nicht unverletzbar sind. „Ihr seid sterblich!", kann er gekonnt betonen und klappert als Skelett durch die Räume.

Geist Hohlpfosten ist der Leader-Head. Der Ansager. Der, der meist den Ton in der Geistergruppe während der mitternächtlichen Aktionen angibt. Er spricht den Schülern auch leise unheimliche Worte ins Ohr. Unterlegt und spricht er Informationen auf Geräusche darauf. So denken die Schülerinnen und Schüler, dass sie beginnen, Stimmen zu hören. Ufff! Das ist ja schlimm! Ja, wie ein kleines Schulterteufelchen. Bitte nicht nachmachen. Bleibt lieb, brav und nett!

„Darum ermahne ich euch. Bitte nicht nachmachen. Wir im Schloss haben heute die Gelegenheit, zu lernen, was spuken bedeutet. Doch bleibt normal! Zu Hause lasst ihr das bitte! Gute Nacht! Bis morgen früh!", beendet die Lehrerin die Ansprache.

„Gute Nacht, Frau Lehrerin", seufzen und zittern die Kinder in ihren Betten. Die Schulklasse fällt nach der Geisterstunde in einen geruhsamen erholsamen Schlaf.


## Kapitel 10

Heute, Sonntag, ist Ruhetag im Schloss. Nur die Hausbesitzer sind im Gebäude. Adel Ernst und seine Freundin lassen sich das mitternächtliche Mahl im Speisesaal schmecken. „Wir haben es bald finanziell gemeistert. Wir haben die

Kosten für die Renovierung in der Tasche. Das ist der Erfolg unserer monatelangen Arbeit mit den Besuchergruppen. „Betten abziehen und frisch beziehen. Boden und Oberflächen wischen. Gemäß dem Gutachten und Kostenvoranschlag, den ich seit geraumer Zeit auf dem Arbeitstisch liegen habe, sind wir nun in der Lage, diese Renovierungskosten zu stemmen."

Knarr knarr! Die beiden blicken nach oben. Glück im Unglück. Der alte morsche Balken bricht vor der Renovierung doch noch in alle Teile auseinander.

„Jeden Tag eine gute Tat!" Undank breitet sich schützend über seine Freundin aus. Hohlpfosten macht das über Adel Ernst' Kopf ebenso. Flascheleer fängt die Teile des gebrochenen Balkens auf. „Das war knapp."

„Ihr habt uns beschützt. Das wäre nicht gut ausgegangen … Danke. Ihr habt uns das Leben gerettet. Das ist wahrhaftig eine gute Tat."

Tristöde ersetzt den fehlenden Balken und stützt die Decke, bis die Schlossherren das Zimmer unbeschadet verlassen konnten.

## Kapitel 11

Die Geister erfahren individuell ihre heute erlangte Erlö-
sungsbestätigung aus der Geisterzwischenwelt.

„Ihr glaubt nicht, was mir gerade passiert ist." Hohlpfosten hält sich mit der Hand den Kopf vor Schmerzen. „Ich
wollte durch die Wand. Poch. Doing. Ich habe meinen Kopf
an der Wand angeschlagen." „Was? Wie geht das denn?",
so Flascheleer. „Eine Mauer ... und Doing?"„Schaut, ich bekomme die Schokolade nicht mehr von meinen Händen ab.
Ich wollte gerade einen Streich spielen. Doch habe ich überall klebrige Fingerspuren hinterlassen", sagt Undank verwundert.„Ich glaube, wir sind ab jetzt keine Geisterwesen
mehr!" „Wir sind wieder verwandelt geworden?", fragt Flascheleer ungläubig.

## Kapitel 13

Aus Zufall ist die erste Schulklasse, die das Schloss vor acht
Jahren besucht hat, wiederholt eingeladen worden. Heute
reisen sie an, denn es ist ein besonderer Tag. Ein Fest für
das Schloss. Die Mädchenklasse ist in Feierlaune, denn es
ist auch ein Fest der ehemaligen Schüler, eine Art

Klassentreffen der besonderen Art. Zudem ist ihre Klasse die erste, die vor Jahren im Schloss genächtigt hatte.

Und wie der Zufall es will, hat Adel Ernst heute den magischen Satz in der Fachliteratur über Spukgeister entdeckt. Die Suche war erfolgreich: „Die Geister ziehen aus, wenn sie ein Leben retten!", und schon ist der Spuk im Schloss vorbei. „Die Geister sind keine Geister mehr!" Fakt auf Fakt! Die Geister eilen zum Kühlschrank, um etwas Köstliches zum Essen zu finden. Dann geht es in den warmen Sommerniesel hinaus. Doch nach Stunden des Genusses beraten sich die Schlossbesucher, die Besitzer und die vier Geister. „Kommt, wir wollen hierbleiben. Und die Entscheidung ist gefallen. Wir vier bleiben Schlossgeister. Das ist unsere Aufgabe. Das machen wir." Sie wünschen sich wieder in den Geisterzustand zurückversetzt. Das Geisteramt am anderen Ende der Telefonverbindung meint: „Ja, das hört sich gut an. Das muss aber bürokratisch und formell bearbeitet werden.

So heißt es redensartlich: Wenn die Geister das Schloss nicht verlassen haben, dann spukt es weiter im Gebälk. So tropft das Wasser und pfeift der Wind. Und denkt dran:

Bringt einem Geist ein Lachen entgegen, so verliert er die Lust und Absicht, gemein zu spuken.

Gute Nacht und grüßt mir die nächtlichen Geister. Ich schlafe um die Mitternachtsstunde. Und die vier Mensch gewordenen Geister sind in Erwartung einer baldigen Nachricht vom Amtsvorstand. Das Okay, wieder Geister zu sein!

## Kapitel 14

Liebe Leserinnen und Leser: Bitte bleibt lieb, brav und nett. Und lasst die Streiche und Spuksache. Nicht zum Nachahmen empfohlen! Jetzt wisst ihr darüber Bescheid! Schlaf! Schnarch! Und lasst mich bitte geruhsam schlafen! Schnarch!

# Ende

# ... auf zum Gobal-Game-Gathering!

**Hauptfiguren:**

| | |
|---|---|
| Haustier: | Golden Retriever Tut-Nix |
| Großmutter: | Johannis Juice |
| Großvater | Sixpack |
| GGG-Jury | Ehemann Kapo Cappuccino |
| | Ehefrau Anna-Nass Tafelspitz |
| | Kamerakind mit Filmcrew |
| Ich-Erzähler | Prinz Shakespeare |

## Kapitel 1

GGG! Das Erlebnis des Jahres! Ich, Prinz Shakespeare, bin stets den leckeren Gummibärchen auf der Spur. Wo gibt es noch welche? Wie viele gibt es davon?

Liebe Leser*innen, wollen Sie wissen, warum ich beispielsweise heute erst so spät das Haus verlasse? Da beginne ich gleich mal mit einem Scherz. Ich grinse mit den Mundwinkeln bis hinter die Ohren und gebe noch etwas preis über mich selbst: Ich habe doch einen wahrhaft ähnlichen BÄRCHEN-Charakter. Ich halte wie die Bären einen WINTERSCHLAF! Nebenbei habe ich Haare auf der Brust. Und ich bin schon groß und erwachsen. Somit macht mich diese Eigenschaft zu einem GummiBÄRCHEN! Ich bin natürlich geblieben, und ich bin ein Mensch. Das verstehen Sie sicher. Doch Gummibärchen esse ich für meine Selbstbelohnung sehr gerne, zu meiner eigenen Zufriedenheit und damit mein seelisches Gleichgewicht in Balance bleibt!

„Der mischt sich unter Leute. Der geht auf Personen zu. Deshalb kann er auch Botschafter sein! Mundgeruch und Pupsen dürfen da nicht vorkommen …! Ups. War ich frech", so seine Großmutter Johannis Juice.

90

„Das ist so selbstverständlich, wie sich die Made im Speck wohlfühlt. So fühle ich mich mit meinem Amt reichlich gesegnet", füge ich dem Gespräch hinzu. „Du kannst dir das auch erlauben, das winterschlafmäßige Auspennen", fügt Kapo Cappuccino fürsorglich an.

„Was spricht noch für dich als Wettbewerbsfavoriten?", fragt seine Ehefrau Anna-Nass Tafelspitz nach.

„Ich, der süße Prinz Shakespeare, lebe meine zugesprochene Wahl zum Gummibärchen-BOTSCHAFTER mit Eifer und Herz. So habe ich meinen Weg in der Gesellschaftslandschaft gefunden. Diese Entscheidung der Jury habe ich vor zwei Jahren gerne angenommen. Und ich habe die WAHL würdig getragen!", ich schaue dabei in die Augen des angereisten repräsentierenden Ehepaars. „Ich bin sehr glücklich in meiner Statusrolle als Botschafter und nun auch als möglicher Teilnehmer an der Global-Game-Gathering! Das ist super", ergänze ich.

„Mega, das haben wir als GGG-Mitarbeiter verstanden! Wir unterstützen dich und geben dir jetzt gut mit, und geben dir klein raus!" „Ich erinnere mich an eine Weinkönigin und einen ernannten Bierbotschafter. Aber Botschafter für

Gummibärchen …? Das ist mir neu, aber … warum nicht?! Gratulation hierzu nachträglich zu deiner Wahl!", und er streckt zum Gratulieren die rechte Hand hin.


## Kapitel 2

Gummibärchen-Leckereien sind manchmal Standardkonsum, manchmal sind Gummibärchen reiner Luxusgenuss, das wissen Sie und ich, wenn wir solche in einer Situation im Mund habe. Das tut gut! „Woher hast du die Tüte Gummibärchen?!" „Aus dem Ladengeschäft! Die haben so viele, dass sie diese verkaufen müssen!", bekommst du dann als Antwort auf die einfältige Fragestellung zu hören.

Frau Anna-Nass Tafelspitz, ein GGG-Mitglied, testet mich gleich weiter. Sie platziert Gummibärchen mit einer neuen Geschmackssorte vor mir auf den Wohnzimmertisch.

Nach wenigen Minuten schaue ich sie verwundert an und spreche es aus: „Test bestanden!"

„Stimmt", willigt Frau Tafelspitz begeistert ein und Herr Kapo Cappuccino und seine Ehefrau Anna-Nass Tafelspitz lachen dabei herzlich. „Prinz Shakespeare, du hast nicht gezögert, vor der Selbstbedienung die Höflichkeitsformel anzuwenden! Weniger als dreißig Sekunden konnte ich dir die Packung anbieten. Und du hast wohlerzogen höflich mit dem Wort BITTE angefragt." „Test bestanden."

Das mitgebrachte Filmteam zeichnet gekonnt mit beweglicher Kamera auf. Wir lassen uns nicht von ihrem unsichtbaren Benehmen irritieren. Ich höre sie sagen: „Mehr Kabel! Licht heller. Klappe, die sechzehnte. Kamera drei, Totale ..."

Das wiederholte einprägsame Lachen der Ehefrau Anna-Nass Tafelspitz ist sehr individuell und einzigartig. Es motiviert zum Heitersein und zum lauten Mitlachen!

„Den Test liebe ich. Schmatz. ... die schmecken aber außergewöhnlich köstlich! Das mundet nach mehr. Nachschub!"

„Er ist der wahre Gummibärchen-Botschafter!", ergänzt Kapo Cappuccino den Dialog und reibt sich beide Hände. „Ich kann mir keinen besseren Vertreter dafür vorstellen."

„Was für ein Bursche! Da könnt ihr stolz auf ihn sein!" Während Kapo Cappuccino den Augenkontakt zu seinen Großeltern sucht, legt er den linken Arm freundschaftlich um Prinz Shakespeares Schultern. „Selfie posten!" Ich übersetze es meinem Großvater: „Posten! Veröffentlichen auf meiner Social-Media-Seite. Heute wieder eine … schmatz … neue Gummibärchensorte … schmatz … angeboten bekommen! Uiuiui, was für ein Geschmackserlebnis! Upload Selfie! Yeah!" „Schluck erst mal runter, lieber Prinz Shakespeare, so seine Großmutter fürsorglich ermahnend. „Mit vollem Mund redet man nicht."

„Ich wiederhole es für dich nochmals, Großvater …" Warum denn so betont, Prinz Shakespeare?", hakt Oma Johannis Juice nochmals nach. „Geschmäcker von Personen sind eben persönlich unterschiedlich!" Meine Großeltern kennen mich von klein auf, und die Gelassenheit der mündlichen Erfahrungsbewertungen geben mir Halt und ich sehe manchen Stresssituationen aus ihrer Sichtweise.

„Das bin ich von ihm nicht anders gewohnt. Die Gummibärchen haben dich persönlich positiv sehr geprägt in den vergangenen Jahren", so Großvater Sixpack aufklärend. Oma Johannis Juice legt ihren Arm auf Opa Sixpacks Oberschenkel.

„Großvater hat noch vergangene Zeiten erlebt. Da gab es diese besondere Süßigkeit noch gar nicht." „Stimmt genau! Ich mag eben nicht solche Art von Süßigkeiten."

„Jedem das seine. Ich bin damit aufgewachsen und bin ... fast süchtig danach." So verläuft die überraschende Sitzung zur Vorbereitung der ersten GGG-Disziplin! Selfie: Ich mit einer neuen Gummibärchentüte und mit meinem jungen Hund Tut-Nix im Arm. Dies verwundert nicht. Prinz Shakespeare ist der neue Gummibärchen-Botschafter auf Lebenszeit. Das ist nun schon seit zwei Jahren so. Ehrenamt. Mit Rechten und Pflichten. „Liebe Frau Anna-Nass Tafelspitz, damals wie heute: Ich habe einen süßen Zahn. Und mittlerweile kenne ich alle Gummibärchen-Witze aus allen Ländern der Welt. Und ich habe alle Sorten von Gummibärchen auf der Welt probiert und verköstigt. Ich bestehe nun fast jeden Bärchentest!" Ich lege das Fotoalbum mit den Selfies zur Seite. „Du bist der richtige für diese Sache."


## Kapitel 3

„Die Fotos überzeugen mich!", rufen Kapo Cappuccino und Frau Anna-Nass Tafelspitz zugleich. „Prima! Den Titel

BOTSCHAFTER trägt der richtige Typ. Das bist du, Prinz Shakespeare." „Treffer! Das habe ich verstanden." Ich denke an die Jahre zuvor, als ich mich noch darin ausbildete. Kein Zuckerschlecken. Das Hobby zur Gesellschaftsrolle ausgebaut! „Am liebsten esse ich Gummibärchen mit Kirschgeschmack", erwähne ich und richte meine Aufmerksamkeit auf das Gästepaar der Global-Game-Gathering. Heute sind die zwei von der GGG-Jury offiziell angereist. Es liegt zudem ein formeller Brief des GGG-Komitees im Briefkasten.

„Großvater Sixpack, bitte öffne diesen für mich und lies ihn für uns vor. Du hast keine verschmierten Handflächen von den Süßigkeiten. Bitte mach du das."

„Also, ich lese den Brief vor. Lieber qualifizierter Prinz Shakespeare. Ihr Antrag auf Teilnahme an der Global-Game-Gathering ist genehmigt. Du startest bei den kommenden GGG in der Disziplin Gummibärchen. Unterzeichnet mit einem Servus von Kapo Cappuccino und seiner Ehefrau Anna-Nass Tafelspitz – beide sind Jury-Mitglieder." Mein Gähnen gefriert mitten beim Vorlesen. Neue Aufgabe, YEAH! Und wach! Wie bei einem stundenlangen

Hungern und einer Verköstigung einer Gummibärchentüte.

Flash! Wach! „Ich wusste, du schaffst das", so Großmutter Johannis Juice mit stolzem Unterton. Ich gönne mir eine Handvoll Gummibärchen. Schmatz. Das ist Lebensenergie! Das ist Lebensfreude pur! Es ist Mittagszeit. Was für ein STRIKE. Eine Zusage für die Global-Game-Gathering.

„Was erwarten wir mehr an diesem Vormittag?", grinst Großmutter Johannis Juice mit Hund Tut-Nix auf ihrem Schoß. Ich freue mich so sehr für dich mein kleiner Prinz.

Ja, Kinder bleiben in den Augen der Eltern immer Kinder.


## Kapitel 4

Unvorsichtig und schusselig kippt Großvater Sixpack sein mittägliches Rahmgeschnetzeltes über den Briefbogen.

Was für eine Grande Katastrophe!

Wenig später schaue ich verwundert drein. Mein Hund Tut-Nix erhascht das belegte Schreiben und verschlingt es gänzlich mit einem Happen!

„Darf es noch mehr sein ...? Was weg ist, ist weg", kommentiere ich. Oma Johannis Juice fügt leise lachend hinzu:

„Abwischen brauchst du Tisch und Boden nach Tut-Nix'
Waschlappenzunge auch nicht mehr …

„Du gibst mir kein Danke dafür. Ich kann nur hinzufügen",
so Großvater, „ich habe alles vorgelesen! Ihr habt also
nichts verpasst. Ja, und die GGG-Wettbewerbsausweise
aus dem Brief liegen uns noch vor. Hier, da hast du sie!"

Ich checke den gemeinsamen Termin mit der angereisten GGG-Familie. Golden Retriever Tut-Nix leckt sich immer
noch den Mund vom Mittagessen ab. „Prost Mahlzeit",
spricht Opa Sixpack vor sich hin. „Das war meine Portion.
Es ist nichts mehr im Topf übrig. Ihr seid gemein …!" Großmutter Anna-Nass: „Reich mir auch noch Gummibärchen …
bieten mir noch welche an." Sie geht zum Kühlschrank, um
Großvater noch ein Mahl zu zaubern.

Ich lade nun meine Familienrunde ein: „Der Global-Game-
Gathering-Wettstreit beginnt am Wochenende in zwei Wochen. Ihr seid alle mit dabei!"

## Kapitel 5

Tage später. Die Anreise. „Zacki zacka! Pronto, pronto!", so der aufgeweckte Ehemann Kapo Cappuccino am anderen Ende der Funkkommunikation. Sekunden später an der Haustür. Ein einforderndes, aber vornehmes Mach-die-Tür-auf-Klingeln der Haustürglocke.

„Mein Ehemann Kapo Cappuccino schickt mich, Herr Shakespeare", sagt Frau Tafelspitz und packt mich, den nachdenklichen, überrumpelten Prinz Shakespeare. Sie schiebt mich von hinten aus dem Haus hinaus zu ihrem Sportwagen. „Nicht überlegen, los gehts!" „Da musst du mich nicht altersschwach hinschieben!" Ich hüpfe, ohne die Tür zu öffnen, in das Cabrio auf den Beifahrersitz. „Wo bleibt der Chauffeur?" „Hier bin ich schon! Muss ich dir das Autofahren auch noch einleitend erklären? Wir haben keine Zeit mehr zu vergeuden! Los, los. Gib Gas! Wir könn-ten schon längst die Hälfte der Strecke hinter uns gebracht haben!" „Aber ich wollte noch frische Wechselwäsche ein-packen!" „Falsch gedacht! Mein Flitzer hat eben nur zwei Sitze", so die busy Ehefrau, die ihren Beifahrer beim lauten Denken ertappt. „Lass nicht alles raus!" Gut ich lasse das

Nächste aus! Treffer! „Einen Scheibenwischer für Strafzettel. Aber keinen Kofferraum für Gepäck!", stelle ich fest.

„Und niemals gehabt", fügt die geistesgegenwärtige Ehefrau Anna-Nass hinzu. „Akzeptier es."

„Ihr habt auch keine Zeit mehr zu verlieren. Fahrt vorsichtig", verabschieden sich seine Großeltern. Jetzt habe ich es verstanden, wir düsen jetzt endlich los. Auf zur GGG!

„Golden Retriever Tut-Nix lassen wir aus Platzgründen zu Hause, oder?" Das macht mir AUA! So ein Krampf! Frau Anna-Nass Tafelspitz blickt ihr Cabrio an, und der beste Freund von der Familie liegt schon im Zwischenraum hinter den Sitzen. Alles abgeklärt. Super! Der darf also doch mitfahren. Na gut, überzeugt! Ein Freund mehr. Da stimme ich zu! „So, jetzt, guckt raus", so die Abschiedsworte von der winkenden Großmutter.

Frau Anna-Nass Tafelspitz düst gemeinsam mit mir zum Gummibärchen Landhotel, korrekte Benennung: Themenhotel. Das Wort versteht sich von selbst. Da wurde nicht gespart! Soll ja auch was zum Erleben und Wohlfühlen sein. Neu eröffnet und bietet, Originelles zu erleben. Die Großeltern bleiben zurück in ihrem Wohnhaus. Sie machen sich selbst einen Reim aus der Sache: Prinz Shakespeare wird in seiner Disziplin als GGG-Favorit gehandelt, recherchiert Oma Johannis Juice im Netz. Und im Fernseher kommen öfter tägliche Einblendungen und Berichte von ihm. Und die private Konferenzschaltung auf den Laptops mit Bild am Abend verbindet die Großeltern mit Prinz Shakespeare in der Ferne. Opa und Oma sitzen gemütlich auf dem Wohnzimmersofa. „Unser Prinz Shakespeare ist verreist. Ein weinendes und ein lachendes Auge. Mit Gummibärchen-Gelassenheit sitzen die Großeltern zu Hause. Die Tage vergehen! Seine Großeltern verbringen die Tage während des Wettkampfs in der Wohnung vom stolzen Prinzen Shakespeare. Im Fernseher ist die Videokonferenz programmiert – Hashtag live geschaltet.

Das komplette Zimmer im Themenhotel ist ausgeschmückt mit dem Bärenmotto. Mittlerweile ist es schon spät in der Nacht geworden. Prinz Shakespeare ist mit seinem Hund Tut-Nix im Hotelzimmer. Die Großeltern liegen noch wach. Und bevor sie einschlafen, versenden sie noch liebe Grüße:

„Gute Nacht ..." und die Videoschalte auf Handy und Fernseher läuft weiter ... schnarch ...

## Kapitel 6

Am nächsten frühen Morgen ist Ehemann Kapo Cappuccino erfreut, seine Ehefrau Anna-Nass Tafelspitz und mich, den handsome Prinz Shakespeare, anzutreffen. „Ich begrüße dich als GGG-Teilnehmer!", sagt Herr Kapo Cappuccino mit noch müden Augen.

Soll ich dich erschrecken, Kapo? Dann bist du bestimmt danach gleich aufgeweckter ...? War es eine anstrengende repräsentative Nacht? ... probieren wir es! „Buhh ..." und ich behaupte, „der Arbeitswille ... ist wieder vorhanden. Oder?" „Ich gebe mein maximales Ultimativstes", so Kapo Cappuccino zur Morgenrunde. Doch mein Motivationsspruch und Wachrüttler verliert sich in der morgendlichen rush hour break. „Wir haben bis zum Wettkampftag noch Zeit." Ich halte währenddessen die mitgebrachte Gummibärchenpackung in unserer Mitte hoch. ... Zack ... und plötzlich ist die Tüte weg.

„... ich will meine Gummibärchen zurück ..."

Frau Tafelspitz schaut träge der verschwundenen Tüte nach. „Die ist weg." Zack …! „Ufff, was war das?"

„Und mein Hund ist auch abgehauen …!"

„Der kommt schon wieder!"

„Tut-Nix, komm her, bei Fuß!", rufen wir ihm gemeinsam hinterher.

„Ich dachte, er ist streng erzogen?"

Der Schockzustand dringt tief in unsere geistigen Tiefen. Die Aktion hat uns WACH gemacht.

„Endlich wach!", stellt Kapo Cappuccino fest. „Das Geschehen war nicht geplant, hat aber funktioniert. Aufnahmefähig und konzentriert."

Alle schauen beinahe seelisch traumatisiert drein, und der Naschtüte hinterher. Aus der Hand gerissen. „Wie gibt es denn so was?", so Großmutter Johannis Juice in der Konferenzschaltung vom Wohnzimmersofa kommentierend aus. Kichern und Lachen aus der nahen Ferne. Der Spott ist zu hören. „Deinem Hund bringen wir noch vor dem Ende der GGG Anstand und Verhalten bei", so ausgesprochen und verärgert Herr Kapo. Tut-Nix kommt angerannt. Mit der Gummibärchentüte im Maul. „Leer!?" … nur die leere

Tüte hat Tut-Nix zurückgebracht. Na vielen Dank, Tut-Nix.

„Er hat wohl die Tüte mit seinem Spieltuch verwechselt."

„Richtig. Dieselbe Grundfarbe!"

„Alle Gummibärchen sind aus der Tüte überall auf dem Platz gleichmäßig verteilt."

Großmutter Johannis Juice ergänzt: „So hat sich Tut-Nix noch nie verhalten." Opi Sixpack kommt aus dem Klosett ins Wohnzimmer: „Tüte ... ZACK ... zurück und leer ... hähh ... was? Wie?" „Großvater, das stehst du bitte mit uns gemeinsam durch ...", bittet Großmutter Johannis Juice.

„Nicht mal auf dem WC habe ich meine erholsame Ruhe!", so Großvater. „Das hast du gut gesagt", fügt Ehefrau Anna-Nass hinzu. „Wir haben eigenwillige Zeiten zu erleben." „Bleibt cool, Mädels und Jungs."


## Kapitel 7

Später. Ich bin eingeladen, den Wettbewerbsort zu erkunden. Daraufhin bekommen ich als Teilnehmer und meine Wettkampfkonkurrenten eine Unterrichtung zur Regelbestimmung und zum Ablauf des Wettstreites. Selfie: Tisch. Selfie: Mit Kapo und Anna-Nass im Hintergrund.

„GGG-Regeln sind keine Schmierzettel-Gesudel-Fakten. Es gilt hier Ordnung und Disziplin bei der Veranstaltung Global-Game-Gathering." „Ich wusste es", so Oma Johannis Juice, „ein richtiger Wettkampf. Voll spannend. Chips, bitte!"

„Da geht was." „Ja, und Geld an baulichen Investitionen scheuten wir nicht." In der Unterkunft reinige ich mir zuerst pflichtbewusst meine Zähne. Rasiere meinen Bart. Und mache mich mit einem kurzen Duschgang wieder fresh. Neue gewaschene Kleidung, organisiert vom Jurykomitee. Und alles in weniger als fünfzehn Minuten bewältigt!

Es erklingen Gummibärchen-Songs: „Jelly bear, oh Jelly bear…! Und „My jelly bears in the rain…." Und in der Videothek gibt es Hunderte Trick- und Spielfilme mit und über Gummibärchen. Auf dem Tagesprogramm steht noch: Ich, der Gummibärchen-Botschafter soll heute einen Kindergarten besuchen. Ich soll als sportlicher GGG-Wettkampfteilnehmer mitwirken und Werbung für die Spiele machen. Kaum hatte ich dies angedacht und eingeplant, bin ich auch schon mitten im Geschehen drin.

Ein Kamerakind hinter dem mobilen Linsengerät: „Wir machen dich berühmter als einen mir bekannten Rockstar." Das Kamerakind zur Ton- und Regisseur-Crew: „Wir sind nicht mehr gemein zu ihm! Klappe, die achte. Der kommt jetzt bei uns groß raus."

Frage vom Botschafter an die Publikumskinder: „Na, wisst ihr, was ein Gummibärchen fragt, wenn es allein im Kindergarten unter zwanzig Kindern steht?" Rätselnd und verwundert schauen die Kinder mich an. „Die Antwort lautet: Das Gummibärchen fragt uns: Wo bleibt unsere Gummibärchenverstärkung? ... mehr Gummibärchen!" Und die Kinder stimmen in die Antwort ein und haschen nach den Gummibärchen, die ich mitgebracht habe.

Und wie bei einer höheren Fügung stürzen sich die Kindergartenkurzen auf meinen mitgebrachten Gummibärchenvorrat. Dabei ist keiner leer ausgegangen. Eine Mahlzeit ohne Gabel, Löffel und Messer. Das muss auch mal sein.

## Kapitel 8

Der einmalige Global-Game-Gathering-Wettbewerb beginnt exakt um zehn Uhr und zweiunddreißig Minuten. Qualifiziert haben sich acht Mitstreiter. Und ich! Also insgesamt neun Teilnehmer. Herr Kapo Cappuccino kontrolliert: Tische mit den Tafeln – erledigt. Hocker und Gummibärchenberge auf den Tischen mit Tuch abgedeckt – erledigt. „Tutti completti!"

„Dann legen wir los", so die Ehefrau Anna-Nass Tafelspitz. „Siegen will gelernt sein. Das Wetter im offenen Bereich macht genial mit, wie bestellt! Kurze mündliche Zusammenfassung für alle: Wenn der Wettkampf beginnt, läuft die Stoppuhr. Es müssen alle grünen Gummibärchen in selbst geschätzter Anzahl genannt werden. Die Anzahl im einzelnen Süßigkeitenberg vor euch." Die Ansprache übernimmt Kapos Ehefrau weiter und ergänzt: „Ihr habt genau fünf Sekunden Zeit!" Und sie redet dabei immer schneller und noch schneller. Herr Kapo Cappuccino hebt die Kammeraklappe und zählt ein. „Jetzt seid still. Ruhe, bitte. Konzentration. Absolute Stille, bitte. Drei, zwei und eins. Los, die Zeit ... läuft ... ab jetzt, Miiip." Die Tücher über den

Gummibärchenbergen sind nun abgezogen. Ich schaue eine Millisekunde den vor mir liegenden Berg an. Verziehe mein Gesicht. Kratze mich am Kopf ... Das Zählen der grünen Gummibärchen ist unmöglich. Nur eine prozentuale Formel von einer kleinen Menge auf die vollen hundert Prozent des Berges ist analysierbar!

Beim Anblick der Süßigkeitenberge ist das Kinderpublikum begeistert. Die Großeltern in der Heimat am Fernseher auch. Opa Sixpack läuft das Wasser im Mund zusammen. Schluckreflex. Noch korrekter formuliert: Er sabbert unbemerkt aus den Mundwinkeln. Tropf. Trief. Sein Speichel läuft ihm an den Winkeln herunter. Er schluckt und kaut schon aus Reflex. Großmutter Johannis Juice eilt zum Vorratsschrank. Sie drückt ihrem Mann eine Großpackung Gummibärchen in die Hand.

„Mmmhh ... Mampf! Endlich, Mampf."

„Schau, Großvater, du bist auch schon süchtig nach dem Genuss von Bären."

„Jetzt geht es mir schon besser. Gibt mein Sponsor noch eine kleine Menge Süßes aus ...?" „Siehst du, Großvater Sixpack kommt noch auf den Geschmack", lache ich am

Wetttisch in unsere familiäre Konferenzschaltung. Das Kamerakind hat exakt VIER Sekunden durchgehalten. Als das Kamerabild ohne Kameramann auf einem Süßigkeitenberg fixiert stehen bleibt ... mischt sich das Kamerakind unter die anstehende Schlange von Kindern. Mit Stoffeinkaufstaschen ... Kapo Cappuccino läutet zum Stopp des Wettbewerbs. „Alle müssen nun die Anzahl der grünen Gummibärchen in ihrem individuellen Berg JETZT an die Tafeln schreiben. Die Zeit ist um. Wer gleich noch an der Tafelwand schreibt, ist zu langsam. Ihr habt dafür fünf Sekunden Zeit. Wer zu langsam ist, ist disqualifiziert.

„Pech", ist zu hören. „Das wars wohl."

„Damit liegt er gut im Rennen." Und die Süßigkeiten haben sich in die Taschen verdrückt. Guck! Uiii! „Die Kinder waren in den fünf Sekunden wirklich schnell. Den Süßigkeitenberg einkassiert und tschüss. Der Regisseur übernimmt die Tafelbeweisbilder und filmt die jeweiligen Aufschriebe. Herr Kapo Cappuccino und Frau Anna-Nass Tafelspitz ziehen sich vor der Siegernennung als Jurymitglieder zurück. Was für eine Spannung. „Ja, wir hatten vierzig Prozent Einschaltquote in unserem Fernsehprogramm. Dann haben wir unser SOLL erreicht", so Kapo Cappuccino im Gespräch mit seiner Ehefrau.


## Kapitel 9

Die feierliche Siegerehrung fällt zeitlich auf den Nachmittag. Das Kamerakind ist wieder am Platz. Und die Gruppen von Wettstreitern stehen interessiert zusammen. Die Jury steht der Gruppe bei der Ehrung bei. Die Spannung nimmt an Lauf auf! Die Europahymne erklingt. Ich werde in die Jury-Wahlergebnisse eingeweiht. „Bereite bitte eine Dankesrede vor! Du bist einer von drei möglichen Siegerpodest-Personen." Meine Rede als erster Sieger ist schnell erdacht. Und schon wird mein Name genannt. „Ich mache Nägel mit Köpfen auf meine Art. Oder mit anderen Worten formuliert: Ich mache Geschenke mit Gummibärchen an die Teilnehmer der Gummibärchen-Disziplin."

Meine Mitbewerber und Konkurrenten SCHNIEFEN. Und Kapo Cappuccino verteilt schleunigst Frustgummibärchen an einzelne Wettkumpel auf den unteren Plätzen.

Wie viel noch an der Siegerehrung teilnehmen und wie viele nicht in die Qualifizierung gekommen sind?

A.   Einer bekommt eine Panikattacke.

B.   Zwei gingen früher schlafen, weil sie zu erschöpft sind.

C.   Einer hat eine Allergie gegenüber dieser Sorte Gummibärchen.

D.   Einer hat Prüfungsangst und Leistungseinbruch. ... abgebrochen. Es bleiben vier Teilnehmer zur Ehrung übrig. Und ich bin Sieger geworden. „Wir gratulieren Prinz Shakespeare zum ersten Platz. Bitte Applaus", so Kapo Cappuccino.


## Kapitel 10

Opa Sixpack bekommt einen starr konzentrierten Blick und ein paar Minuten später kippt er um. Unterzucker!

„Gummibärchen in den Mund, Großmutter Johannis Juice", rufe ich durch das Phone.

„Voll aufregend und spannend", waren Opas letzte Worte, bevor ihm schwarz vor Augen wurde. „Ich sehe in ihn hinein. Das hört sich nach Unterzucker an!", so Prinz Shakespeare. Großmutter Johannis Juice nimmt eine Packung Gummibärchen und stopft unserem Großvater

Sixpack eine Handvoll Gummibärchen rein. Unterzuckert. So wie ich es erklärt habe.

„Das kennen wir schon von früher", erläutert Großmutter Johannis Juice. Er kommt wieder zu sich. „Ein Held. Er hat mich gerettet. Und das ohne Verwandlung mit Superkräftekostüm.

## Kapitel 11

Nach den kräftezehrenden Wettkampftagen hat Kapo Cappuccino die Ehre und fährt mit Ehefrau Anna-Nass Tafelspitz „Prinz Shakespeare" zurück zu seinem heimatlichen Haus. Zu seiner Familie. Als seine Gäste zu seinen Großeltern. Eine Überraschung wartet im Heimatort. Das Straßenfest wurde fachmännisch geplant. Und die Nachbarn angesprochen. Ein Public Viewing für das Wohnviertel. Zudem ein Fernsehevent zu dem einmaligen GGG-Disziplin-Wettstreits ‚Farbige-Gummibärchen-Schätzung'. Eine aufgezeichnete Wiederholung im Fernseher. Die Ausstrahlung beginnt im Wohnviertel-Festzelt um zehn Uhr morgens. Der Postbote und die Paketdienste sind genervt. Die Straßenreinigungsfirma ist informiert. Die Feier ist offiziell behördlich genehmigt. Das Wetter im Frühlingsmonat April ist frisch, aber mild.

Ein Erinnerungsfoto für die Familie mit allen Festbesuchern: „Bitte sagt CHEESE." Blitz, KNIPS. Kapo Cappuccino und Anna-Nass Tafelspitz verabschieden sich Stunden später dankbar und zufrieden. „Das ist ein gelungener Abschluss der Spiele! Doch eine Frage haben wir noch: Warum stehst du so auf Gummibärchen, lieber Prinz Shakespeare?"

Ich erkläre mich: „Nun, es gibt den Schokoladentyp und den Gummibärchentyp. Ich habe es mal drei Monate ohne Gummibärchen getestet. Eine Art Diät."

„Das ist bestimmt schwer gewesen", so Ehefrau Tafelspitz.

„Ja, und meine schlechte Laune war dabei so unten, dass ich mir selbst auf den Keks ging. Ich habe mir dann Gummibärchen verordnet. Sozusagen ein ärztliches Rezept. Nicht zu viele und nicht zu wenige Belohnungsbärchen. Gummibärchen sind einfach günstiger als andere süchtig machenden Dinge. Ich bleibe bei meiner auserwählten süßen Leckerei. Das hat mich in der Vergangenheit überzeugt. Nun,

Botschafter war meine Entscheidung und die Hinzuarbeit kam aus meiner Richtung. Ich fühle die nötige Freiheit, die gewollte Herausforderung und die gesegnete und respektierte gesellschaftliche Teilhabewahl. Gummibärchen-Botschafter auf Lebenszeit. Ich habe mir für meine Story ein Happy End gewünscht.

## Kapitel 12

Ich stehe wartend im Hof, als meine Freundin bei mir erscheint. Sie bleibt die süßeste aller Frauen, die ich je kennenlernen durfte. Wir als Paar sind uns einig. Tut-Nix ist mit dabei. Die sommerliche untergehende Sonne sinkt am Horizont. Selfie! Klick.

„Hier, wir können uns meine mitgebrachten Kirsch-Gummibärchen teilen und abwechselnd tragen. Mit mir ist gut Kirschen essen. Wenn sie nicht in der Tageshitze zusammengeschmolzen sind."

Die gemeinsame Liebe ist wie eine lebenslange Packung Gummibärchen! *„Bleib mir treu! Und unsere Liebe erscheint uns immer wieder als anfänglich neu! Das hast du nun verstanden."*

„Auf, Kameradin! Auf, auf. Wir spazieren in unseren Sonnenuntergang bis zu unserer Wohnung. Wir betrachten die Wiederholung der Geschichte von der GGG wieder mal zusammen." Und wenn sie noch Gummibärchen essen, dann nur, weil ich mir regelmäßig, auch vor dem Zubettgehen, vorbildlich die Zähne reinige. Und schon spricht wieder der Gummibärchen-Botschafter aus mir!

Und alle begeisterten Kinder bereit für ein High five?

Danke fürs Lesen. Meine Welt ist dadurch wieder etwas normal! Durch Sie als Leser*in. Die nächste Gummibärchentüte raschelt schon in unseren Händen ... YEAH!!!

Lang leben unsere Gummibärchen!

ENDE

# Kaufbeurer

## *Traumhochzeitstag*

# Blättchen

### Traumhochzeitstag

1. Im heutigen „Kaufbeurer Blättchen" schildere ich das schönste Happening vom vergangenen Jahr. Sowohl Stadtgespräch als auch im Social Net bekannt! Zur Darbietung arbeite ich es hier schriftlich für alle neugierigen Leseratten aus. Fotogen und beeindruckend war das unvergessliche Hochzeitsfest in der Kaufbeurer Großstadtmitte. Die schönste Zeremonie des Jahres!

2. Die umwerfende junge Dame hat sich getraut und vermählt! Ja, diese Braut kennen die Kaufbeurer Bürger*innen von Fotos anderer Kaufbeurer. Manchen ist nur ihr Name geläufig im Gedächtnis verankert. Die Älteren dachten

beim Anblick ihrer Erscheinung an ihre persönlichen Jugenderinnerungen. Weiter waren die Beweggründe des Schauens unterschiedlich. Jedoch blickten an diesem Tag alle zu dem Paar auf. Die beiden haben es geschafft! Gewonnen! Wahre Liebe!

In erster Linie sollt ihr nicht an heiße Himbeeren mit Reis denken. Nein, sondern an herzliche Liebe! Die Liebe, nach der sich alle im Leben sehnen. Der Bräutigam ist zufällig körperlich länger als sie. Perfekt! Verheiratet! Gewonnen! Gelikt!

3. Die filmreifen Szenen erzeugen die Quoten der Follower. Diese Szenen werden zur lebenslangen schönen Erinnerung erschaffen. Das war ein Hotspot der Superlative. Was für ein Megaevent! Das war keine Standardhochzeit für lediglich 10.000 Euro! Die Gäste durften sich ordentlich wohlfühlen. So tanzt die Braut mit ihrem Mann. Heute zur Musik ihrer engagierten Hochzeitsband mit dem Bandnamen „50 erste Dates", zum Soundtrack von Dirty Dancing (Spielfilmtitel, Filmmusiktitel).

4. Zuvor, morgens, unter Blitzlichtleuchten, trat das Sternchen nach dem Antrag an die Öffentlichkeit auf den

Vorplatz. Er zuvorkommend. In der Gestik glänzte sie glücklich. Zugerufene Wünsche, kleine Plüschtiere und liebevolle Segenssprüche, Jubel und heitere Chorrufe begleiteten ihren Weg. Die Stimmung im abendlichen, jedoch feierlichen Moment, ist am Höhepunkt. Wir dachten alle an das niemals endende Gefühl der geborgenen Zweisamkeit. Währenddessen bitten die einzelnen Gastpärchen um Verzeihung und planen den Rückzug zur Übernachtung ins eigene Gemach.

5. Am Tag war das Blumenmeer in den feierlichen Räumen „Schmuck". Einerseits an den Säulen, andererseits an den Geländern waren Blumen verteilt und angebracht. Nicht zuletzt streuten die schönsten Brautjungfern und Freunde des Brautpaares Rosenblüten auf den Weg der Verheirateten. Eine Frau, attraktiver und verzaubernder als die anderen, trug ein fesches Dirndl. Den Hochzeitsstrauß in der linken Hand. Der Strauß war nun bereit für die schicksalhafte Ernennung der nächsten heiratswilligen Braut.

6. Der raue Ton, der sogar in unserem Zeitalter (bildlich gesprochen das veränderte Weltklimawetter), der die mitmenschlichen Dialoge durcheinanderbringt, dieser Tonfall

im gewöhnlichen Alltag, war für diesen glorreichen Tag der Hochzeit überraschend bemerkt gänzlich verschwunden. Jeder Einzelne war mit den Gedanken beim Brautpaar. Voll des Lobes bei der Teilnahme an der gemeinschaftlichen Freude für das bekannte Paar!

7. Die Blicke der vermählten Frau galt den Junggesellen. Der ist „mir"! Ja, der! Die Brautjungfern sind sich einig. Das ist Liebe, und schmachten den ganzen Tag dem Pärchen hinterher. Das Handyfotoalbum ohne freien Memorystore. Auch der Hochzeitsfotograf und die Filmcrew hatten nun alle Bilder sicher im Kasten. Doch das Vergnügen ist nur für eine kurze Zeit gut. Jedoch das Arbeiten, bürgt die „Erfolgserlebnisse". So kommen wir zum glücklichen Ausruhen an diesem beobachteten Galatages!

8. Liebe Leser*innen, bald sind Sie vielleicht der feierliche Anlass meiner nächsten Schilderung aus der Großstadt.

(Aus Datenschutzgründen bleiben die oben genannten Personen anonym.)

# Just married!

# Happy End!

# Hinflug

# zum Mars,

# bitte!

**Hauptfiguren:**

1.    Der letzte schleichende Spurenleser

2.    Die Grolli und Motzke Mozzarella

3.    Die gemeine Frau Wespe

4.    Der Hauptmann vom Dienst on air

5.    Ich als Passagier und Protokollführer/ Erzähler

6.    Das aktiv diktierende digitale Zepter

Ich als Erzähler notiere und tippe den ersten Tag in das Space-Rocket-Logbuch: „Draußen die Sterne, drinnen wir vier! Dazu zählen das aktive Zepter und ich."

Die Verabschiedungsschar auf der Erde, die winkenden Personen, die sind mir noch Stunden später fotografisch im Gedächtnis verblieben! „Kommt wieder zurück! Mit vielen Geschichten und Mitbringsel vom Planeten Mars!" Es hallen die zugerufen Grüße echomäßig im Space-Rocket noch nach. Doch nun Kurs in Richtung Mars!

Schon ist die Crew seit einer Woche unterwegs, und es ist wie am ersten Tag: totale Begeisterung. „Wir sind im All! Auf zum Planeten Mars!"

Jeden einzelnen Tag zähle ich genau mit. Berichte leise in den Space-Rocket-Innenraum hinein und tippe es somit ins Space-Rocket-Logbuch ein. So, dass es alle hören und lesen können. Und sogar später noch nachlesen können.

Die hungrigen Augen der Crew wollen mir hierzu gerade keine aussagende Antwort zukommen lassen. Wir haben

Essenszeit. Der Körper arbeitet besser nach dem Essen! Das hast du verstanden!

Die Space-Rocket-Mannschaft blickt geschlossen auf den heutigen Speiseplanzettel: Astronautenmahlzeit als Stärkung ist angesagt. Silbrige Beutel. Jede Mahlzeit sieht gleich verpackt aus.

Die reservierte Grolli Mozzarella platziert ihren gewohnten uns bekannten Satz, spult ihn wie einen Schallplattentext ausgesprochen ab: „Guten Appetit!" Mit den zusätzlich geschwiegenen Worten bedeutet dies für alle folglich: Nichts zu sagen beim Essen und still zu sitzen währenddessen! Und sich ordnungsgemäß anständig zu benehmen! So gilt es nun, sonst gibt es Schimpfe!

Die gemeine Frau Wespe wird für eine Minute freundlich. „Hört gut zu, von ihr könnt ihr etwas lernen!"

Die Grolli Mozzarella übernimmt wieder das regierende diktatorische Zepter. Dirigiert uns im Space-Rocket mit einem rot angelaufenen Kopf: „Ich mache euch groß", so lauten die Worte von der zornigen Grolli Mozzarella. Das mächtige Zepter lässt aussprechen. Ich notiere: „Bin genervt! Aber bleibe cool!"

Das diktierende Space-Rocket-Zepter, das Frau Grolli Mozzarella wieder mal auf ihrem Essensplatz magisch angezogen hat, hält sie wieder in der rechten Hand. Wer schnappt es sich als Nächster? Wer greift sich das Zepter jetzt? Wer macht sich das Zepter zu seinem Eigentum? Das frage ich mich neugierig. Doch irgendwie, wie ich es selbst beobachtet habe, hat die wütende Grolli Mozzarella das magische mächtige Zepter bei der nächsten Mahlzeit wie immer wieder automatisch in ihren Fingern. Wie macht sie das nur …? Ich notiere in mein Logbuch: „Das nervt mich! Aber ich bleibe gelassen!"

Das Zepter kehrt stets zur befehlerischen Grolli Mozzarella zurück, wenn sie am gemeinsamen Esstisch ihren Platz einnimmt. Ein Abkommen zwischen Grolli und Motzke Mozzarella und dem diktatorischen Zepter? Unbegreiflich und unerklärlich! Das Zepter hat wohl seine eigenen Regeln und Gesetze im Sinn!

Der Herr Hauptmann vom Dienst on air meldet sich. Vor ihm ist der Autopiloten-Joystick, das leitende Zepter. Damit steuert die Space-Rocket-Crew durch das All. Überprüfung abgeschlossen! Das Space-Rocket gleitet überwacht und kontrolliert dahin.

Der Autopilot fragt den Hauptmann on air nicht nach Auskünften. Ja, aber auch überhaupt nicht! Kein Lernen durch Nachfragen! Die Umgebung im Weltall ist sehr eintönig und nicht gerade abwechslungsreich. Und die Konzentration und Aufmerksamkeit lässt langsam beim Hauptmann on air nach. Wann sind wir endlich da? Wann kommen wir auf dem Mars an? „Das nervt! Treffer!" notiert der Hauptmann on air.

So verliert der Hauptmann on air nach mehreren Stunden und monotonen Tagen das Interesse am Neugierigsein. Und somit verfällt er in einfordernde Unterhaltungslaune. Er will nun Entertainment pur! Er beobachtet aufgrund dessen lieber sein Smartphone. Das mit einer Übertragungsrate von bis zu zwanzig Stunden Verzögerung reagiert!

Habe ich Unterhaltung gesagt? Wer hat das gesagt? Und behauptet?

Ich notiere in mein Logbuch: „Der Hauptmann on air ist außer sich! Und ihm blieb der Memorystore leer; mit anderen Worten: arbeitslos! Das hatte ihm zuvor keiner mitgeteilt. So ist es jetzt halt. Es kommen irgendwann auch wieder spannendere Minuten. Ganz nach dem Motto: Nimm es, wie es ist, und gib alles!"

Folgendes sage ich euch und mische mich unter die Space-Rocket-Crew: „Danke, bitte mehr Infos aus der geliebten Heimat von unserer Erde! „

„Aktuelle Infos gibt es nicht zu ergattern", ergänzt die Motzke Mozzarella meine allgemeine Erwartungshaltung und mein Wunschdenken. „Du bist hoffnungslos informationssüchtig!"

„Ich?", antwortet der Hauptmann on air wie eine austherapierte uneinsichtige Person. „Na gut, ich mache mit; L-a-n-g-w-e-i-l-i-g, YEAH! Zum Glück erkennst du als gefühllose Motzke Mozzarella meine aktuelle Suchtphase und Informationssucht nicht! Kennst du, Motzke Mozzarella, den aktuellen Stand der Dinge und Neuigkeiten? Wenn du informiert bist, dann brauche ich nicht weiter darüber nachzudenken", sagt der Hauptmann on air zu ihm. „So sprich, was weißt du ...?" Und in weniger als ein paar Stunden konnte sie sich an diese Unterhaltung nicht mehr erinnern! Lost in Space ...

| Tag: 8 | 11:20 Uhr |
|---|---|

Ich stehe im Gepäckraum vom Space-Rocket: Was für ein tolles Männerspielzeug! Blankes Titan. Und melde mich beim eingelagerten vor mir stehenden Mars-Car mit meiner ID-Karte an!

Die vielen kleinen Roboterarme, die am Mars-Car montiert sind ... Technik! Da geht bei mir mein rationaler Verstand ab; vergleichend mit dem romantischen Erscheinen vom Vollmond am Nachthimmel von der Erde aus! Das Car ist eine Sensation! Uiiih! Das Männerherz pocht drei Takte schneller!

Doch Moment mal! Unter der Anti-Staub-Schutz-Decke, da sitzt doch jemand auf dem Mars-Car-Sitz drauf? ... Der schleichende Spurenleser. Wie kann es auch anders wahr sein! Er blickt mich an und stammelt unbeholfen: „Huch!"

Ich als Erzähler konnte nur denken und sagen: „Guck weiter, schleichender Spurenleser!"

Ich lasse die Schutzhülle beiseite und kratze mir verwundert meinen Hinterkopf. Verdutzt, dass sich der letzte Spurenleser in meine Gedanken – immer passiv – einmischt. Durch das plötzliche, störende Auftreten und Erscheinen. Und wie er Aufmerksamkeit von mir einfordert. Dann zugleich, ohne sich zu äußern, seinen vorherigen Ausgangspunkt aufsucht. Und wieder spurlos verschwunden scheint. Unheimlich! Und unerklärlich unberechenbar! Ich nenne ihn daher den schleichenden Spurenleser. Dann ist schon alle passend benannt. Schon wieder weg: Guck, ich habe ihn überdauert! Ein Griff in die Hosentaschen und an die Brusttasche: Alles noch da! Und unbeschadet davongekommen!

Ich mache mich auch auf den Weg. Es bleibt eine kleine Frage zurück: Was habe ich gesagt und wobei bin ich vom Spurenleser unbemerkt beobachtet worden ...? Ähhmm ... etwas durcheinander ... Egal! Mach jetzt einfach hier wieder weiter! Muss ich nun ein schlechtes Gewissen haben?

Ich notiere: „Nein! Bin aber von ihm genervt! Und bewahre die Fassung! Bleibe cool!"

| Tag: 20 | 08:41 Uhr |
|---------|-----------|

Der Hauptmann on air meldet sich wie gewohnt am Morgen zu Wort: „Haben sie was gesagt?", fragt er mich direkt. Ich stottere und frage nach. Aufklärend gebe ich zur Kenntnis: „Ich habe meine Aufgaben! Bin kein Sorgenkind! Muss weiter! Bin bei der Arbeit! Schaffe."

Stunden später. Ich bin mir mit meinem Hunger noch nicht klar und habe auch noch kein Mittagessen serviert bekommen. Ich verstecke mich lieber wieder. Und vermelde: „Stopp! Sucht mich!" Und träume von Gummibärchen, die wiederum leckere Schokowaffel verfolgen. Über Hausdächer und unter Autos hindurch.

Bin schon wieder ab in der gemütlichen Koje. Ich nutze meine eingetragene geplante Ruhepause in der Koje aus. Nichts los heute. Bin dann mal schnarchen. Und denke nach. Ich frage mich stets: Wann sind wir endlich angekommen? Wie viel Zeit mag es jetzt wohl noch dauern? Das Smartphone berichtet auch noch nichts Neues.

| Tag: 23 | 02:07 Uhr |
|---------|-----------|

Ich ordne bei den Kojen die Kissen und die Decken. „Ring-Ring!" Mein Alarmzeichen ruft, erwähne ich und spreche aus: „Ich habe mich immer noch nicht an die aktuellen Umstände und die Umgebung gewöhnt! Ring-Ring!"
Der schleichende Spurenleser schaut verdutzt in meine Richtung. Er sitzt im Kojenraum. Er versteht nicht, dass ich mich gemäß kalendarischem Alarmweckruf an meine Geliebte, an meine Freundin erinnere. Um an sie pünktlich zu denken. Ja, und ich betone, exakt nach terminlicher Uhrzeit! So erkläre ich es dem schleichenden Spurenleser.
„Jetzt kennst du dich mit dem Alarm aus! Erinnerung für getaktete Minuten. Beginn und Ende des Alarmzeichens!"
Ich füge hinzu: „Nun, ich denke sehr oft an sie, nicht zu sagen: ständig!"
„Ring-Ring!" Der zweite Alarm ertönt. Der Spurenleser sagt daraufhin fragend: „Hast du zwei Freundinnen?" Er hat

immer noch nicht die Wahrheit vollständig verdaut! „Nein! Das ist der Stopp-Alarm. Ich weiß, es ist für dich, letzter Spurenleser, kaum zu fassen. Doch es ist wahr! Ich denke so an meine Freundin. Und zwar mit Belegquittung Nummer „FG30-3" und nachzulesender Quittung „drei"! Und die Alarmerinnerung dauert exakt fünf Minuten. Das ist eine Abmachung von uns zweien! Zwischen meiner Freundin und mir. Das haben wir so entschieden!

| Tag: 21 | 04:15 Uhr |
|---------|-----------|

Der Hauptmann vom Dienst on air meldet sich im Gehörgang meiner Ohren. Unglücklicherweise hatte ich keine Ohrstöpsel zum Musikhören darin. Das komplette und konkrete Gespräch war durchgekommen! Das gesamte Gespräch musste ich mir anhören. Jetzt, als er mit der Durchsage fertig war, trat bei mir spontane Erschöpfung ein. Und die Entschuldigung liegt mir auf der Zunge: Mich aus der Space-Rocket-Crew zu entfernen! „Abliegen!" Wieder ab in die Koje! Krankgeschrieben nach einer Bildschirm-

Fragekatalog-Anamnese. Ich bekomme drei Stunden Kojenzeit extra verordnet! „Das nervt! Gute Nacht!"

| Tag: 22 | 02:55 Uhr |
|---------|-----------|

Mittagessenzeit! „Bitte alle zum Mittagessen kommen!", so die Worte vom Hauptmann on air. Doch ich lag noch in der Koje. Entschuldigte mich mit Symptomen einer störenden Migräne.

Als ich realisiere, dass es Mittagessen gibt, auf das ich schon fünf Stunden warte, hatten sie den Speisetisch schon abgeräumt. Nur noch das dirigierende Zepter liegt greifbar da! Toll, und das alles bei der Migräne! Undankbare Migräne. Na ja, mein Körper holt sich so seine Ruhephase zurück. Ich gebe klein bei! Das nervt! Das habe ich verstanden! Hinlegen und seufzen! Im Nachhinein war die Durchsage eine Nichtigkeit. Doch hier im engen Space-Rocket hört sich alles mit der Zeit verfälscht an. Ich habe es wahrscheinlich in den falschen Hals bekommen. Das ist schon alles! Das nervt! Ich halte mich bedeckt. Ich halte mich zurück!

„Na ja, doch noch gut gegangen", ist meine Antwort gegenüber dem Hauptmann on air. „Danke für die Erinnerung! Ein Gedanken an die Mittagessenzeit!" Ich bemerke, dass ich richtig hungrig geworden bin, als die Essensausgabe schon beinahe zu Ende ist, und Frau Grolli Mozzarella die gemeinsame Tafel verlassen hat.

„Nimm, was du greifen kannst", signalisiert der schleichende Spurenleser mit Klopfgeräuschen mit dem Löffel auf seinen benutzten Tellerrand. Die alles besserwissende Wespe weiß gleich wieder, die Situation zu diktieren. Sie hat das liegen gebliebene Zepter angeschaut und ergriffen. Ich antworte, ohne auf meine getane Arbeit zurückzublicken, da ich hungrig bin. Ich frage nach: „Kann ich das übrige Gemüse essen?" Und gebe mir selbst einen Tritt in ein Fettnäpfchen oben drauf: „Es ist bestimmt schon kalt, das heutige Mittagessen!"

Frau Grolli Mozzarella, bevor ich die Worte von meinem Satz ausgesprochen habe: „Du kommst auch immer erst dann, wenn wir schon fertig sind!" Recht hat er, doch muss ich nicht hier Rechenschaft über meinen Fleiß ablegen, sondern nur den emotionalen Satz wortkräftig entgegennehmen!

„Ähmm, warum nicht Abendessen? Das tut mir bestimmt äußerst gut! Zudem will ich noch ein paar Kilo auf die Waage bringen! Und ich bin dankbar für das Kochen, es schmeckt hervorragend!" Und schon legen sich die Wogen in meinem Kopf. Ich werde zufrieden!

| Tag: 24 | 04:15 Uhr |
|---|---|

Als ich aus meinem Mittagsschlaf aufwache, halte ich das diktatorische Zepter in der rechten Hand. Ich habe ausgeschlafen! Ich drehe meinen Kopf zur Seite und beobachte das magische Zepter. So, wie wir alle immer das mächtige Zepter aufmerksam verfolgen.

Wir haben nur zwei Kojenbetten zur Verfügung. Nun ist der Nächste mit Schlafen dran. Um es sich gemütlich zu machen.

Mit dem diktierenden Zepter in der rechten ..., und ich suche es im Moment gerade wieder ... Doch wo ist das diktierende Zepter denn plötzlich wieder hin? Aha, da! Frau

Grolli Mozzarella hat es angezogen und gleich benutzt! Sie wechseln sich ab! Mit Grolli Mozzarella" und „Motzke Mozzarella!" *Ich habe es doch eben noch gehabt*, denke ich dabei.

Ohne eine Antwort zu bekommen und zu erwarten. Motzke Mozzarella taucht nur für ein paar Minuten am Tag auf. Und er dröhnt lautstark wie eine alte fliegende Drohne durch das komplette Space-Rocket! Los, los! „Das ist aber nicht gut, was ihr da macht", so Motzke Mozzarella. „Ihr bewegt euch und arbeitet nun, was ich euch beauftrage und aus meiner Erfahrung und Laune heraus erlaube!"
Komisch nur, es ist alles schon selbstständig von der Space-Crew bewältigt worden. Doch Motzke Mozzarella liebt es, darüber nachzusinnen und dabei das regierende Zepter zu schwingen. Das ist jetzt! Es ist seine Art. Ich notiere: „Das nervt! Ich bleibe gelassen!"
Ich lese alte wissenschaftliche Zeitschriften auf dem Space-Toilettensitz. Höre dabei Favorit-Musik! Und lasse den Alltag draußen vor der Tür! Deshalb warte ich hinter der verschlossenen Tür ab, bis meine innere Ruhe wieder

zurückgekehrt ist. Und frage mich selbst: Wann sind wir endlich auf dem Mars angekommen?

Plötzlich ein Vibrieren auf dem Metalltisch in meiner Nähe. Mein Handy! „Ring-Ring!" Es sind die Erinnerungsminuten, oder etwa nicht? Ich schalte gedanklich sofort um, und denke an meine Freundin! Doch es macht unmittelbar gleich erneut: „Ring-Ring!" Ein Anruf? Ich schaue auf das Display. Eine SMS: „Sie treten nun in eine neue Roaming-Zone ein! Bitte um Kenntnisnahme! Und Einwilligung in die vertraglichen Bedingungen!" Ich denke mir, das kann ja noch heiter werden!

Motzke Mozzarellas monotone Tonlage seiner Sprach-stimme ist verflogen. „Gut! Aufatmen!" Ich schaue auf das mächtige aktive Zepter, das noch verlassen und griffbereit auf dem Tisch liegt. Ich will nicht so sein wie Motzke Moz-zarella und Grolli Mozzarella! Keiner will so gekonnt ner-ven! Darum will keiner das diktierende Zepter in der Hand halten! Es ist halt so! Unerklärlich!

| Tag: 21 | 17:12 Uhr |
|---|---|

Die gemeine Wespe ergreift das befehlerische Zepter und will damit einen Frühjahrsputz machen. Und als sie es in der Hand hält, sagt sie: „Ich muss jetzt alles reinigen. Geht mir aus dem Weg und lasst mich reinigen! Steht mir nicht so unnütz im Weg herum!" Und die erholsamen Minuten von zuvor sind verflogen. Und diese Zeit scheint verloren und unwahr gewesen sein. Treffer!

Fast so, als hätte keine Erholung stattgefunden. Jeder hat seine eingeteilten Aufgaben. Doch das dirigierende Zepter und der zeitlich begrenzte Besitzer des Zepters übertreiben es immer wieder. Stets übertrieben! Eintrag ins Logbuch: „Guck! Das nervt! Und auch die Migräne nervt! Ich halte mich zurück!"

| Tag: 25 | 01:30 Uhr |
|---|---|

Auf dem Tagesprotokoll steht heute: Grußkarte unterzeichnen! Eine Nachricht und Grüße aus der Mission-Mars-Space-Rocket. „Grüße zur Erde! Dem ist Folge zu leisten!", das sagt der Hauptmann on air als Kommentar zur Karte. Das diktatorische Zepter beendet daraufhin das innere Leuchten des Zepters.

Die Grußkarte ist wie eine Gratulation oder Genesungskarte vom Arbeitsplatz zu handhaben. Wie an die abwesende Person gewöhnlich von einem Mitarbeiter versendet wird! So auch diese Grußkarte! Grußformel und alle Crew-Mitglieder sollen unterzeichnen!

Das erneut leuchtende Zepter liegt nun neben der fast fertigen Grußkarte. Ich war der schnellste, meine Unterschrift digital darauf zu setzen. „Fertig", äußere ich mich flüsternd und mit Zeichensprache. Alle arbeiten eifrig und konzentriert an ihren Aufgaben weiter. Alle sind auf sich selbst bezogen und beschäftigen sich nun mit ihrer jeweiligen eingeteilten Arbeitsaufgabe.

Der schleichende Spurenleser hält die digitale Karte zwischen Daumen und Zeigefinger fest. Piep! Die Signatur ist erkannt und der digitale Fingerabdruck registriert. Der Hauptmann on air: „Danke für eure Signierung auf der Grußkarte! Der schleichende Spurenleser hätte besser noch zuvor die Finger gewaschen." Schmutzige Finger nicht mal nach vier Stunden gereinigt! Das nervt!

Ich stecke die USB-Grußkarte in den digitalen Slot und ab die Post. Jetzt sind die Grüße verschickt. Ich sagte es etwas betont laut. Schon bin ich nicht richtig vorsichtig gewesen! Grolli Mozzarella kommt vorbei und schleudert den abgeschickten Grußkarten-USB-Stick in den Müllpott. „Da gehört diese Karte hin!"

„Die ist schon verschickt", sagt die gemeine Wespe aufklärend. „Mir egal. So was gehört sofort und immer in den Müll …", sagt Frau Grolli Mozzarella. „Sie kann nicht herumliegen." Und das erloschene Zepter liegt wieder ohne Besitzer da. Okay, aufgeräumt und erledigt! Sie verlässt den Raum. Das soll jemand verstehen? Ich gehe ein! Treffer!

Der Hauptmann on air gibt vom Kommandosessel die Bestätigung durch: „Grußkarte an die Erde-Satelliten versendet. Ankunftszeit der Nachricht in circa: 567.922 Sekunden!"

„Eine Begegnung mit einem Steinbrocken aus den Weiten des Weltalls", so die Durchsage vom Hauptmann on air. Er informiert die gesamte Mannschaft darüber. Sodann: „Bitte alle antreten! Lagebesprechung am Speisetisch!"

Die gemeine Wespe deutet auf das leuchtende Zepter. Der schleichende Spurenleser hat es schon gefühlt und ihn trieb es von allen zuerst an den Besprechungstisch. Er wartet schon zehn Minuten, bis der zweite in der Runde und danach alle anderen eintreffen und ankommen. Die gemeine Wespe ist sich mit Grolli Mozzarella einig. Zusammen bemerken sie in die Runde:

„Seid still! Und rutscht nicht so auf dem Stuhl hin und her!"

Der schleichende Spurenleser muss erfahren: „Es gibt jetzt keine Zigarette für dich!", so bemerkt Motzke Mozzarella!

„Also, was ist zu tun?", fragt der Hauptmann on air. Die gemeine Wespe sagt: „Upff, jetzt wird es gefährlich und brenzlig für uns alle!" „Wieso?" Ich notiere ins Logbuch: „Zuerst das Kopfeinziehen! Dann das Ring-Ring. Da kommt mal wieder alles auf einmal zusammen. Eine Bestätigung aus dem Postfach: Sie haben Post! Die Karte ist nun auf der Erde angekommen. Eine Lesebestätigung. Noch etwas? „Nicht so schnell …!" „Alles auf einmal", berichtet der Hauptmann on air. „Fünf Sachen auf einmal!"

Die gemeine Wespe liest vom Bildschirm ab: „Asteroid wird knapp am Space-Rocket ohne Schaden anzurichten vorbeipreschen!" Wir sind sicher und alle sind diesbezüglich erleichtert! „Halt, halt, ich will aber zuerst einen Fachmann befragen und beauftragen!", so der Hauptmann on air. „Wir brauchen starke Männer!" Die Beamerfunktion ist eingeschaltet. Auf dem Transfer-Beamer-Sitz flackert schon das Lichtsignal.

„Beamen ist abgeschlossen", ertönt eine Stimme. Ein Mann mit Notizblock, Blauer-Dohne-Anzug, mit Sicherheitsschuhen und mit gelbem Baustellenhelm sitzt im Sessel. „Hallo, ich bin der Neue, ich komme jetzt öfter!", sagt der Mann im Blauen Dohne zur Space-Rocket-Crew.

„Hier, guck dir das da an", der Hauptmann zeigt auf die Linien und Kreise am Ausblicksbildschirm. Der Mann im Blauen Dohne sagt daraufhin: „Tempo drosseln! Um zweiunddreißig Punkte! Mir kommt das so sternenklar vor. Jetzt gut!" Blop. „Mit dieser Geschwindigkeitseinstellung ist es sicher und geschafft!" Motzke Mozzarella atmet erleichtert auf. Freundlich gibt er dem Mann noch zum Abschied mit: „Ahhm … jetzt fühle ich es auch. Wir sind sicher!" „Der Mann ist also brauchbar", gibt die urteilende Wespe zu verstehen. „Fast geschafft!"

„Ja, jetzt heißt es, zu warten!" Schon flackert das Licht auf dem Sessel erneut. Der Blaue Dohne ist wieder weggebeamt. Das magische Zepter auf dem Sessel bleibt zurück. Der Asteroid zieht innerhalb von zwei Minuten vorbei. Erledigt! Nichts passiert! „Wir hätten nicht mal den Kurs und die Geschwindigkeit verändern müssen!" Yeah, das finden wir alle super!

| Tag: 26 | 15:45 Uhr |
|---------|-----------|

„Ahhm …", stellt der Hauptmann on air nach zwei Stunden fest. „Wer um Himmels willen hat den Temporegler so gedrosselt? Das ist doch der Fehler des Tages. So stoßen wir hundertprozentig mit etwas im Weltall zusammen! Los, an die Tasten, Zeit und Wegstrecke wieder aufholen! Neu programmieren. Alles neu berechnen! Wir kommen sonst ja nie am Mars an!" Das Space-Rocket befindet sich wieder auf selbigem Kurs wie zu Beginn der Reise zum Mars. „Kaffee und Kuchen", sagt der Hauptmann on air.

Doch das mitessende Auge hat keine Anreize. Der Kuchen ist in einem silbrigen Plastikbeutel in pürierter Form. Und der Kaffee in einem silbernen Plastikbeutel. Der Zucker in einem Plastikbeutel. Und wer sagt es zuerst? Die Milch in einem silbernen Beutel! Das heißt, Kaffee und „Suchen"! Das ist so: Du musst ja alles wieder verraten! „Das nervt!"

| Tag: 36 | 15:45 Uhr |
|---------|-----------|

Der Hauptmann on air begrüßt die Mannschaft zum heutigen Tagesbeginn: „Guten Morgen!" Er stellt fest: „Ihr seid nicht einsatzbereit! Warum, fragt ihr euch? Weil wir noch eine Workshop-Woche während des Marsfluges vor uns haben."

Dann prescht die gemeine Wespe vor. Und dann heißt es: „Sitzen, sechs! Umdrehen und zurück zur Erde!" Grolli

Mozzarella schaut in die Gesichter der noch nicht einsatzbereiten Truppe. Fragezeichen-Mimik!

Ich flüstere „Aha!" in die Runde, da das magische Zepter bisher noch nie so wichtig und hell leuchtete. Grolli Mozzarella setzt sich an den Tisch. Das Zepter greift sie sich und steckt es in den Rucksackbeutel auf dem Rücken über einen gekonnten Schultergriff ihres Armes. „So ist es nun!"

„Das sehen wir dann, wenn es so weit ist!" Die gemeine Wespe kontert: „Das schafft ihr nicht! Schnief! Ich putze aber nicht eure Nasenspitzen ab und das Pipi aus den Augen!" „Los, an die Aufgabe!", sagen alle. „Der Workshop ist machbar! Das können wir durchaus erreichen", so der Hauptmann on air. Der schleichende Spurenleser steht auf. Er saß unbemerkt während der kompletten Essenszeit unterm Tisch. Er grinst und verlautbart: „Möchte mir jemand eine Friedenspfeife anbieten?"

„Rauchen? Nein, danke, jetzt nicht und nachher auch nicht!", sagt die gemeine Wespe beim Verlassen des Speisetischs. Der befehlende Motzke Mozzarella verweist ihn in seine Raucherecke. „Herhören! Wichtig!", so der Hauptmann on air, und das Zepter leuchtet durch die lederne

Rückentasche, „wir beginnen gleich." Die gemeine Wespe sagt: „So, da gibt es kein Davonkommen mehr!" Und schaut in die Runde.

Der Hauptmann mahnt zur allgemeinen Konzentration.

„Hört zu! Also Folgendes: Das müsst ihr lernen und euch darauf vorbereiten. Wie es die spielenden Kinder im Schnee gelernt haben: Gelber Schnee ist nicht gut und schön! Bitte diesen nicht in den Mund nehmen. So gilt es auch auf dem Mars!"

Grolli Mozzarella ergänzt und interpretiert den Befehl vom Hauptmann. „Trinkt das Wasser auf dem Mars nicht ohne eine chemische Überprüfung! Das müsst ihr ohne Üben und Proben erreichen! Strengt euch an!"

| Tag: 39 | 5:54 Uhr |
|---------|----------|

Ein lautes Lachen weckt die Schichtschläfer in ihren Kojen auf. Und wieder ein total heiteres, selbstverliebtes, aber auch etwas überspitztes Lachen! Haha … haha! Wer ist das? Diese Laute habe ich bislang noch nie im Space-Rocket gehört. Und parallel zum Lachen dieser männlichen Stimme eine weibliche Stimme, die auch lauthals lacht. Was ist da los? Das sind die fiese Wespe und der letzte schleichende Spurenleser in einem Rauschzustand. Motzke Mozzarella und Grolli Mozzarella sind ganz erbost. Beide bringen Ordnung in das Geschehen: „Ab in die Kojen, alle beide! Macht die Kojen frei. Die zwei sollen sich endlich hinlegen. Ruhe bitte! Hinlegen! Das nervt!"

Der Hauptmann untersucht und kombiniert: Lachen? Rausch? Ahhhah, und entdeckt dabei leere und verschiedene Essensbeutel. Das sind die Obst-Astronauten-Essensverpackungen. Jemand hat diese seit vier Wochen nicht mehr gekühlt! Alkohol? Gegorenes Obst? Ja, sage ich. Da trifft meine Theorie und Herleitung exakt zu!

Ich erinnere mich, dass Obst überreifen kann und dass dann das Obstkonzentrat-Astronauten-Essen Alkohol enthält. Schlimm! „Alkohol in unserem Space-Rocket", sagt der ordnungsliebende Hauptmann on air. Alle haben etwas gegen diese Undiszipliniertheit. Ein Blick auf das Zepter in der Hand von Grolli Mozzarella; das blinkt mit Alarmzeichen: An-Aus-An-Aus! Das hat uns heute wirklich noch gefehlt. Alkohol im Space-Rocket!

Fehlt nur noch eine ohrenbetäubende Warnsirene. So etwa vierunddreißig Packungen von dem Obst-Astronauten-Essen sind leer. Die dominierende Wespe sagt: „So, das war ein Treffer! Wir haben den Schuldigen gefunden und sogar noch beim Tüten leeren ertappt."

Ich mache sauber und räume auf. Und putze! Die älteste, Grolli Mozzarella, lotst die zwei Alkoholisierten in die Kojen. So ein Schmarrn. Ein unerwachsenes, ein rein kindisches Benehmen. So etwas Untragbares. Der befehlerische Hauptmann fordert die zwei auf, sich zu entschuldigen, und überprüft alle Armaturenknöpfe und Bildschirmanzeigen. Aber die Sauerei mit den leeren Obsttüten ist nur auf dem Esstisch ausgebreitet worden. Zum Glück. Da entlockt Grolli Mozzarella dem sich beruhigenden und sinkenden Pulsschlag vom Hauptmann on air ein Lächeln.

„Alles Gute zum Geburtstag, trotz alledem, letzter Spurenleser", als dem Spurenleser die Geburtstagzahl „dreißig" von der Stirn gewischt wird.

„Ich habe heute Geburtstag." Dem schleichenden Spurenleser wird befohlen, wieder ernst zu werden. „Das war großer Unfug!" „Ja, ihr habt recht. Wir machen es wieder gut!" Die zwei entschuldigen sich förmlich und glaubhaft.

„Es war ja keine Absicht. Eher Gewohnheit! Ab in die Kojen für die nächsten elf Stunden!", befiehlt Grolli Mozzarella mit dem Zepter in der Hand.

| Tag: 45 | 01:15 Uhr |
|---------|-----------|

„Die ganze Mannschaft an die Kaffeepulverbeutel und Wasser aufgießen", kommandiert der Hauptmann on air. Der vorauseilende Spurenleser ist schon bei den Pulverbeuteln und meint aufklärend: „Diese Beutel?"

Der befehlerische Motzke Mozzarella sagt, als er auch beim Kaffee ankommt: „Spiel damit nicht herum, schau, alle stellen sich schon an. Mach Platz!"

Die noch nicht einsetzbare Truppe fühlt sich als bekennende Kaffeetrinker. Jedes Crew-Mitglied mit ihren jeweils eigenen Tassen!

Der Hauptmann on air fordert Aufmerksamkeit ein: „Hört zu! Knifflige Sache. Wer nicht mitmacht, der wird mit einer Rettungskapsel zurück auf die Erde geschickt!"

Daraufhin die gemeine Wespe: „Ich glaube, unser Hauptmann meint, wir drehen dann alle gemeinsam wieder um. Die Mission ist dann beendet und erfolglos!"

Der schleichende Spurenleser am Bildschirm befragt das diktatorische Zepter: „Wie viele und wo sind die Rettungskapseln?" Die fiese Wespe meint dazu nur: „Nirgends. Keine vorhanden!" Der Hauptmann on air grinst bestätigend. Der Computer-Buddy ergänzt: „Die Antworten sind korrekt! Keine vorhanden! Wenn wir es nicht schaffen, drehen wir alle um! Das nervt!"

Der schleichende Spurenleser wendet sich wieder seiner Lieblingsbeschäftigung zu. Kaffee schlürfen! Daraufhin die manierenbewusste Grolli Mozzarella: „Nicht so schlürfen! Trink anständig! Und das gilt für alle! Ja, genau, das gilt für alle", bestätigt die gemeine Wespe genussvoll den Befehl. Die gemeine Wespe bleibt wohl einen Rang niedriger in der Namensgebung. Der Hauptmann on air, um sich zu sammeln: „Ich dachte, die Wespe wird zur Biene befördert. Doch wir belassen es noch bei Wespe! So, wenn alle versammelt sind, hört zu: Der Hauptmann will nun das

erstmalige Betreten vom Marsboden der nicht einsatzbereiten Truppe besprechen und ... ahmm ... absegnen."

„Wird schon das Betreten voller Protokollfehler ablaufen",
so die Wespe. „Eben nicht! Dafür trainieren wir heute
wohl", sagt Motzke Mozzarella. Also der Ablauf wird durch-
gespielt. Wir stimmen ab.

„Wer ist dafür, dass der schleichende Spurenleser zuerst
den Mars betritt? Aber nur, er wirklich die erste Betretung
des Mars einstudiert hat! Und sicher kann. Wo ist der
schleichende Spurenleser denn jetzt gerade?", fragt der
Hauptmann. Er sitzt dort drüben auf dem Stuhl! Fußbad.
Und in der Hand hält er eine Tasse Kaffee und eine Nationalfahne. Na super, die ironische Wespe. „Wir haben alles
vernommen, Herr Hauptmann!"

Da wir gerade noch herumstehen: ein Selfie vor dem Mars-Car. Klick! Ein Selfie vor der Flagge. Klick! „So, jetzt noch die Hymne anstimmen!", so der Hauptmann on air. Und ein Gruppenbild! Klick! Der erboste Motzke Mozzarella ergänzt: „Los, zurück zur Erde! Der Planet ist mir lieber, ich habe mich an die Erde schon so sehr gewöhnt. Ich habe Sehnsucht nach zu Hause. Kein Fußball, kein Bier und kein Kaffee to go." Die verärgerte Grolli Mozzarella fügt an: „... mir tut auch so manches weh! Ich habe hypochondrische Schmerzen. Das habe ich auf unserer geliebten Erde nie gehabt! Wir sind verstimmt. Wir hätten zuvor googeln und das Kleingedruckte im Vertrag lesen sollen!"

Das Space-Mars-Car wird auf dem Marsboden in den Sand gestellt. Meine Güte! „Wir haben das Mars-Protokoll missachtet", sagt der Hauptmann on air mit dem mächtigen Zepter in der linken Hand. „Los, schnell! Schleichender

Spurenleser hat noch nicht das Roboter-Car besetzt und den Mars-Boden betreten", so die befehlerische Wespe.

„Was ist da vorne? Eine Nationalfahne im Mars-Sand? Unsere Flagge? Und wer kommt da an? Das wird doch nicht ...!" „Hier das Fernglas, bitte!"

„Das wird doch nicht ...!" Der Hauptmann on air stellt das Fernglas scharf. Er meldet: „Ahhh, Protokoll erfüllt! Der Spurenleser war als Erstes von uns auf der Marsoberfläche." Er murmelt weiter: „Ich darf jetzt endlich das Mars-Car fahren!"

Die Erlebnisse auf der Mars-Oberfläche fügen sich in den Rückflugalltag ein: Auswertungen der Mars-Forschungsarbeit. Aber wie es stets bei einem allgemeinen Ausflug ist: So geht es für die Mars-Mannschaft wieder zurück, zurück auf die Erde! Zum Ausgangspunkt vom Ausflug. Aber mit einer Änderung im Protokoll: Das dirigierende Zepter wurde auf dem Mars als unabkömmlich gemeldet und so ist das Zepter irgendwo dort oben auf der Marskugel verblieben.

Es ereignet sich, dass ich das magische Zepter auch dort oben auf dem Mars in der Hand halte und das Zepter mich zur regierenden Autorität macht. Warum, fragt ihr euch?

Nun ich, der Buchautor, platzierte den Beamer-Sitz wie ein Mars-Car auf dem Marsboden, um mit meiner herbeigebeamten Freundin auf dem Mars Zeit zu verbringen.

<u>Notiz vom Erzähler:</u>

Das war abschließend und zusammengefasst eine besondere Mars-Mission! Hin- und Rückflug. Ein voller Erfolg! Eine wissenschaftliche Art, den Mars kennenzulernen und zugleich die Gegebenheiten zu erleben und unmittelbar daran teilzuhaben.

Das ist gut so. Wir sind endlich angekommen! Seither pendeln wir von der Erde zum Mars per Beamen-Knopfdruck: Button! Guck, schon alle beide zurück. Netter Ausflug, findet ihr doch auch! Und guck: Wieder dort auf dem Mars! Geschafft! Und zurück … und wieder dort …!

Und wer eine Reise tut, kann etwas erzählen, lautet der Volksmund. Ein gedankliches Erleben ist auch erzählenswert. Also erzählen Sie vom Ausflug der Mars-Crew. Danke für das Interesse! Und danke, dass ich Sie unterhalten durfte. Es ist mir gelungen. Treffer!

**Viele Grüße vom Mars!**